致青春 109

別對我動心

（中）

翹搖　著

高寶書版集團

目錄

CONTENTS

第十一章　鄰居

這場大雨來得意料之外，瞬間打亂了學校的秩序。

路上的行人紛紛奔跑起來，校園公車站牌十幾分鐘就排上了長龍，零星的有傘的幸運兒埋頭前行，有些有急事的直接奔入雨中。

岳千靈煢煢孑立於體育館門口，腦子裡一片空白，愣了半晌，直到電話鈴聲響起。

還是那個學姐。

『千靈，妳怎麼還沒過來呀？』

岳千靈驟然回神，下意識就說：「我這就來！」

『好的，快點呀，就在明輝樓。』學姐提醒道，『我們的時間也不多，等一下就要走了。』

掛了電話，岳千靈看著這封門的雨，突然覺得心口很悶。

情緒一時之間找不到發洩口，思緒也沒有方向，去交流會是她目前唯一可以想到的事情。

顧尋原本直接打算回宿舍，卻沒想到這雨來得這麼急，也被困在綠蔭旁的一個小月臺裡。

他本是無所謂，反正沒什麼急事，多等一下沒關係。

突然，蔣俊楠撐著一把黑傘朝他走了過來。

「我太機智了，下這麼大的雨，我看見那群體育學院的人往體育館倉庫跑，就知道事情不對，一路跟過去，果然看見裡面堆了很多把傘，我拚了老命才搶到一把。」

他朝顧尋抬了抬頭，「走，回去打遊戲。」

顧尋正要邁腿，目光卻突然定住。

隔著十幾公尺的距離，他看見岳千靈伸手探了探雨，躊躇片刻，開始脫學士服，似乎打算罩在頭上跑進雨中。

顧尋幾不可查地嘆了口氣，轉頭對蔣俊楠說：「你把傘拿去給岳千靈吧。」

「啊？」蔣俊楠四處看了一圈，終於在人群中看見岳千靈，「我給她？」

這種時候把傘給女生用，蔣俊楠不覺得有什麼問題。

只是他想不通顧尋為什麼不自己去。

「你把這機會給我？」

顧尋撩了撩眼，「你不敢？」

「我靠，這有什麼不敢的。」

蔣俊楠舉著傘朝岳千靈走去。

上了臺階，他收了傘，還貼心地往外甩了甩水，然後才走到岳千靈身後，拍了拍她的肩膀。

岳千靈正準備衝進雨中，一回頭見是蔣俊楠，愣了一下，「有事嗎？」

蔣俊楠把傘遞給她，「顧尋叫我送把傘給妳。」

「……」

蔣俊楠見岳千靈盯著那把還在滴水的傘，不知在想什麼，片刻後才抬起頭。

「不用了，謝謝。」

說完，她將學士服往頭上一罩，跑進雨中。

「嘿，什麼特殊愛好。」蔣俊楠摸不著頭緒，只覺得女生的心思果然難猜，嘀嘀咕咕地走了回去，「她不要。」

顧尋抬頭，往大路看了一眼，漫不經心地說：「不要算了。」

兩人撐著一把傘，往宿舍走去。

畢業典禮已經結束，顧尋留在學校也沒什麼事情，宿舍裡沒剩什麼東西，他把這兩天的洗漱用品帶上便準備回他新租的房子。

而蔣俊楠前幾天把行李全都寄回家了，明天就要出去旅遊。

他想了想，飛機是早上八點的，從學校去機場要一個多小時，而從顧尋住的地方過去只需要二十多分鐘，於是準備帶上行李去顧尋家擠一晚。

岳千靈最終沒有趕上交流會。

她到的時候，人家已經坐車離開學校了。

回宿舍的時候，一個語音電話打了過來。

岳千靈拿出來一看，來電顯示「校草」。

她現在看見這兩個字就有點煩。

皺了皺眉後，她接通，有氣無力地說：「幹什麼？」

對方聲音冷冰冰的，『上線。』

「不來，我不舒服。」

聽筒裡安靜了片刻。

緊接著，他的聲音稍微有了點溫度，『哪裡不舒服？』

「聽見你的聲音就不舒服。」

林尋：？

岳千靈沒心思再閒聊，直接掛了語音。

回到宿舍，見方清清和印雪都在收拾行李，她連忙去洗澡，不想留給自己發呆的時間。

半個小時後，她送方清清和印雪離開，自己則折返回宿舍收拾行李。

剛忙完，她打算即刻就走，手機訊息又接二連三進來。

小麥：『想玩遊戲啊啊啊啊！』

小麥：『駱駝要不然我們雙排吧！』

駱駝：『行。』

岳千靈看了一下，打了幾個字。

糯米小麻花：『我也可以。』

小麥：『不必多說！集結！』

駱駝：『@校草，你呢？』

過了好一陣子。

校草：『我可以。』

岳千靈嘆了口氣，登錄遊戲。

幫自己找點別的事做也好，免得一口氣總堵在胸口。

駱駝他們從來沒有見過岳千靈打得這麼猛的樣子。

不管地形是不是有利，也完全不顧策略，見人就追著打，有時候殺紅了眼連隊友都打。

輸了，她說「再來」，贏了，她也是那兩個字，毫無感情。

也不愛說話，一個人悶頭按手機。

到了第五局，駱駝看見岳千靈的十八個人頭，好像猜到了什麼，卻又不方便開口問。

直到決賽圈。

圈已經縮到了最後一輪，存活下來的岳千靈和林尋距離安全區還非常遠。

他們找不到車，只好靠雙腿奔跑。

耳機裡突然出現吵吵嚷嚷的聲音，岳千靈看了一眼是誰的麥在亮，皺眉說道：『林尋，你那裡怎麼那麼吵？』

『我室友。』

說完，他轉頭對正在看影片的蔣俊楠說，「小聲點。」

蔣俊楠調小音量，把手機遞到他面前，「晚上去吃這家？」

「隨便。」

林尋丟下這兩個字，轉頭再看手機，岳千靈倒在毒圈裡。

那一刻，岳千靈的情緒突然崩潰，丟下手機哭了起來。

小麥和駱駝被她突如其來的真哭嚇到了，連忙安慰：『別哭啊！林尋有藥，他可以來扶妳。』

說完一看，那狗東西還在離岳千靈兩百多公尺的地方。

幾秒後，岳千靈死於輻射，一聲慘烈的「啊」之後，整個人變成一個盒子，畫面毫不留情地切換到林尋的視角。

岳千靈哭得更慘了。

『不是，我還在，還有機會吃雞，妳哭什麼哭。』

林尋覺得她今天特別奇怪，不是剛跟人好上還打了遊戲嗎，這時候哭什麼。

於是他問道，『妳今天到底怎麼了？』

『我怎麼了我還能怎麼了我當然是失戀了！』岳千靈一邊哭一邊淒慘地說著，『我失戀了懂不懂啊！』

遊戲畫面裡，僅存的那個人突然不動了。

連駱駝也莫名其妙噤了聲。

幾秒的沉默後。

岳千靈突然聽到林尋略帶笑意地跟他室友說：『今晚我請客吃飯。』

隨後又響起另一個男人的聲音：『好啊！那我不客氣了！』

顧尋回頭對蔣俊楠笑了笑，「你隨意。」

蔣俊楠覺得他的神情有點奇怪，揶揄地問道：「什麼大喜事呢？」

顧尋剛要說話，耳機裡響起女孩帶著哭腔的聲音。

『我他媽失戀了你還請別人吃飯你是人嗎！』

顧尋挑了挑眉，繼續朝安全區跑去，『妳失戀關我什麼事。』

岳千靈本來就崩潰的情緒更失控了，哭聲慘得連駱駝都有點聽不下去。

只有小麥沒心沒肺地問：『我靠！妳今天真的去告白了嗎？不是吧！妳不是說妳是校花嗎？那怎麼可能失敗啊！沒有男人會拒絕美女的！除非他不是男人！』

『我是校花他還是校草呢！』岳千靈哭喊著說，『就是看不上我我有什麼辦法！』

顧尋的手指突然頓住，腦海裡莫名跳出幾個小時前的某個畫面。

遠在另一個城市的駱駝也有了荒謬的猜想。

『啊？校草？』駱駝試試探性地問，『真的假的，妳是江城哪所大學啊？』

岳千靈不知道駱駝為什麼突然這麼問，但她確實有一肚子的委屈想發洩。

『怎麼，要為我報仇嗎？』

駱駝乾巴巴地笑了起來，『是啊，我看看哪個不長眼的傻子居然拒絕我們小可愛，我明天就提刀去江城！』

小麥也跟著起鬨，『對！我們是出生入死的戰友，怎麼允許妳受這種委屈，妳報上名字，我們立刻提刀去幹死他那臭傻子！』

雖然這些個網友說的話很粗暴，但岳千靈確實有被安慰道。

她聳了聳鼻子，聲音啞啞地說：『去吧，南大城中校區，去找一個叫顧尋的男人，你們給我砍死他！』

『叫顧尋啊，好的我記住這傻子的名——』

小麥說到一半，聲音突然戛然而止。

耳機裡突然安靜得像按了暫停鍵。

雖然遊戲還在繼續，那三個人卻都沒說話了，呈現一股奇怪的寂靜。

死一般的寂靜。

但岳千靈沒有心思去琢磨他們的行為。

幾秒後，她看見原地不動的林尋也死在毒裡，這局遊戲以失敗宣告結束。

岳千靈憋了幾個小時的情緒一旦爆發，就像山洪傾瀉一般根本收不住，於是摘了耳機，趴在桌上痛痛快快地哭了起來。

一個多小時後，岳千靈哭到已經沒了眼淚，終於抬起頭。

她打開手機，看見遊戲裡另外三個人已經掉線。

而群組裡也沒人說話，靜悄悄的，一點也不像以往一般聒噪，彷彿把她忘了似的。

岳千靈擦了擦眼睛，仰頭深吸一口氣。

不知道是不是把腦子裡的水流乾了，她總算想通了。

折磨她的不是顧尋的無情，是她自己憑空捏造的期待與幻想。

憑著第一次見面的心動，她自己燒了一把火，將星星之火變成燎原之患。

然後她便自顧自地淪陷，為了他掉頭跳進了原本已經爬出來的坑。

因為他的冷淡，她總是自我懷疑。工作已經很累了，她還要強迫自己早起化妝，就是懷疑自己不夠好看，完全沒有意識到自信在無聲無息中被消磨。

滋長的自卑溢出來變成她在顧尋面前偽裝的溫柔與做作。

顧尋看不上，她自己也不喜歡，甚至快忘了自己也是一個眾星捧月的人。

就連今天的交流會，她也下意識覺得顧尋比較重要，到頭來現實卻狠狠給了她一巴掌。

人家根本什麼都沒做，她的所有情緒卻被他操控著，因為他開心因為他難過，渾然不知已經自我感動到失去了自我。

那些過往的片段一遍遍地在岳千靈腦海裡浮現，她終於能站在旁觀視角看到自己有多蠢。

與其說她決定徹底放棄顧尋，不如說她決定丟掉那個喜歡顧尋的岳千靈。

她真的很不喜歡那樣的自己。

像是丟掉了一層繭，岳千靈揉著紅腫的眼睛，站了起來。

宿舍的人已經走完，東西收拾得乾乾淨淨，她最後將宿舍打掃了一遍，確定沒有什麼遺憾後，迎著夕陽，快步離開學校。

去新租的房子只有半個多小時的車程，到了社區，岳千靈朝自己所住的那棟大樓走去。

等電梯時，她打算拿出手機看看時間，卻發現有幾則新訊息。

很奇怪，小麥、駱駝和林尋竟然都來私訊她了。

小麥：『妳……還好吧？』

駱駝：『還好吧？什麼時候有空聊聊嗎？』

網友還挺好，竟然記掛著她。

岳千靈簡單地回覆了他們，往下一拉，看了林尋的訊息一眼。

校草：『（拍了拍我的桃花說不用開了.jpg）。』

校草：『？』

校草：『……』

神經病嗎。

看見他莫名其妙的幾則訊息，岳千靈一陣火大。

糯米小麻花：『有事燒香沒事磕頭，煩著呢！』

校草：『哦……』

傳完，她收起手機，進了電梯。

看著陌生的環境，岳千靈深吸一口氣，充滿了新生的感覺。

出電梯左轉就是岳千靈租的房子，她按了密碼，門自動打開。

岳千靈拖著行李箱走了進去，正要關門時，聽見對面那戶的門突然開了，伴隨著一個男生的聲音。

「不是說出去吃飯嗎？你幹嘛突然回學校？」

岳千靈下意識回頭，目光一揚，和正要跨出門的顧尋四目相對。

岳千靈：「……」

顧尋：「……」

岳千靈不知道怎麼形容那一刻的心情。

簡單來說，要是這裡是一樓，她當場就可以跳下去。

早上告白失敗，下午就搬到人家對面。

不用顧尋說什麼，她已經能想到他此刻大概是用「死皮賴臉死纏爛打」這幾個詞語來形容她了。

而顧尋確實也看著她，眼神變得很複雜。

岳千靈更加確定自己的想法。

只有什麼都不知道蔣俊楠站在顧尋身後，換好鞋一抬頭，見他突然站著不動了，側著身子看過來，驚詫地說：「我靠！岳千靈？妳也住這？真巧啊！以後你們就是鄰居了！」

岳千靈：「……」

她看見顧尋的表情變得越來越奇怪，像崩裂了一般，並且還邁腿朝她走來，似乎想說什麼。

至於嗎？

我還什麼都沒說呢！

岳千靈立刻拉住門把，一口氣說道：「這只是巧合我沒有跟蹤你也不會糾纏你，你大可不必用那種眼神看著我，實在不放心你就搬家吧。」

兩扇門距離很近，顧尋三兩步邁過去，正要張嘴，卻看見岳千靈下意識後退半步。

「我──」

面前的門突然「砰」一聲關上，還砸出些許灰塵，在燈光下飛揚。

顧尋：「……」

「靠。」

顧尋面對那扇冰冷的門，久久不能回神。

走廊裡安靜得沒有一點聲音，因為蔣俊楠也愣住了。

「你們是什麼情況？」他也是談過戀愛的人，從岳千靈的話中大概還原了真相，「難道她被你拒絕了？」

顧尋很煩的揉了揉脖子，等於默認了。

蔣俊楠：「你怎麼回事？岳千靈欸！她可是岳千靈欸！」

「我已經夠煩了，你能不能安靜一下？」顧尋轉身推開他，回自己家。

蔣俊楠不懂顧尋的情緒為什麼變得這麼快，正一頭霧水，「你又不回學校了？」

「還回個屁。」

一進門，駱駝和小麥又傳來問候。

小麥：『我至今還是沒想明白，這究竟是怎樣離奇古怪的事情，連小說都不敢這麼寫。』

駱駝：『所以你打算怎麼辦？』

菜也犯法嗎 sir：『……不知道，腦子轉不動。』

駱駝：『？』

其實在兩個小時前。

當岳千靈說出「顧尋」兩個字的那一刻，顧尋第一次感覺自己的腦子有轉不動的時候。

她說的是我嗎？

肯定不是我吧。

雖然我確實是南大城中校區的我早上確實也拒絕了一個校花的告白而且我他媽確實也叫顧尋。

但，她說的肯定不是我吧。

就連小麥也不太敢相信自己聽到的事實。

小麥：『所以，我要提刀去砍的傻子竟然就是你？』

小麥：『這不可能吧！怎麼會有這麼巧的事情！』

駱駝：『當然不可能，肯定只是同一個學校同名同姓同為校草的冷酷男人罷了。』

菜也犯法嗎 sir：『郭洛你是不是覺得自己很幽默？』

顧尋根本他媽的笑不出來。

她們怎麼可能是同一個人呢？

除了聲音很像以外，他幾乎找不到第二個共同點。

從給人的感覺上，他也很難將這兩個人的形象重合。

而且，他去年有了那麼一點懷疑的時候，她不是親口說她從來不玩手遊嗎？

一個能狂拿十八個人頭的槍王跟內向怯懦的女人有半毛錢關係嗎？

怎麼就變成同一個人了呢？

顧尋像被封印了一般，在沙發上坐了近兩個小時。

他上一次這樣思緒呆滯，還是去年開發組攻克不下引擎問題他在陽臺上放空大腦的時候。

可就算是短時間自主研發遊戲引擎也沒這麼廢腦細胞。

而且早上他拒絕岳千靈的畫面還像病毒一般在他腦海裡重複浮現。

他說的每一句話，每一個不耐煩的表情，都歷歷在目。

他感覺自己就像在旁觀視角看一個傻子。

顧尋長這麼大，第一次因為自己做的事情產生一種慌亂且無措的情緒。

也不知道岳千靈此刻怎麼樣了。

還在傷心哭泣嗎？還難過嗎？會不會想不開？

於是他打開岳千靈的聊天帳號對話欄，寫了十幾種開場白，卻一則都沒傳送出去。

最後只是小心翼翼地拍一拍她，想試探試探她此刻的情緒。

得到的答案卻跟他預料的相差有點大。

這好像不是很傷心只是有點暴躁啊？

顧尋想來想去，依然不是很確定，於是決定去學校找答案。

但剛剛那道砸門聲已經給了他答案。

確實是有點暴躁。

關上門的一瞬間，岳千靈背靠著門，呼吸久久不能平復。

這都是什麼倒楣事。

老天爺為什麼這麼喜歡跟她開玩笑。

而且一想到顧尋看她的複雜眼神，就尷尬到無以復加。

難道平時她在顧尋面前的形象已經難堪成這樣了嗎？

不至於吧，她印象中自己也沒做過什麼死纏爛打的事情。

可是事實擺在面前，換做任何人，都會覺得剛告白就搬到人家對面的人是故意的。

不行。

光是想想就腳趾蜷縮了。

但能怎麼辦？

房子合約簽了，她押金也給了，總不能告白失敗了還要承擔違約金吧？

絕對不可以。

被拒絕已經夠丟臉了，她不能再灰溜溜地搬走，反而像是印證了他的猜想一般。

思及此，岳千靈立刻開始打掃衛生。

一人住的公寓雖然不大，但真的要澈底打掃起來也要花不少時間。

直到晚上十點，岳千靈才想起自己因為太投入勞動，連晚飯都忘了吃。

等她回過神，卻發現沒什麼胃口。

大概是被顧尋那個眼神氣飽了吧。

岳千靈不打算再忙了，直接洗了個澡準備早點睡覺。

然而等她從浴室出來，準備開冷氣時，發現遙控器竟然毫無反應。

她愣了愣，摳開後蓋，看見裡面兩顆好好的電池。

用力拍了拍按鍵，依然沒反應。

沒電了嗎？

岳千靈看了看時間，還不算太晚，於是換了衣服便出門去買電池。

只是門剛推開一條縫，她又聽見對面傳來響動。

岳千靈的動作下意識停滯，心又懸了起來。

盯著門把看了片刻，岳千靈一呼氣，推開門走了出去。

對面出來的是蔣俊楠，兩人正好四目相對。

岳千靈鬆了口氣，朝他點點頭。

蔣俊楠想到岳千靈今天被顧尋拒絕了，莫名覺得他這個室友都有點不好意思，不敢直視岳千靈，舔了舔嘴唇，才訕訕問道：「這麼晚還出門啊？」

「嗯，買點東西。」

岳千靈說著，朝電梯走去，蔣俊楠跟在她身後。

按了電梯後，岳千靈問：「你呢？」

「我拿外送。」蔣俊楠答道，「妳買什麼？重不重？需不需要幫忙？」

電梯到了，兩人一起走進去，岳千靈按了樓層，才平靜地說：「不用，謝謝了，我只是買點小東西。」

蔣俊楠「嗯」了一聲，偷偷瞄著岳千靈。

她只穿了白色短袖和短褲，頭髮剛洗過，還沒有乾透，髮梢濕漉漉地垂在後背。臉上自然沒有半點化妝品的痕跡，皮膚清透白淨，側面的輪廓流暢精緻，睫毛幾乎快與鼻樑骨持平了。

蔣俊楠百思不得其解，拿出手機，悄悄傳訊息給顧尋。

蔣俊楠：『我真的想不通，你竟然會拒絕岳千靈，你的腦子是哪根筋不對？還是你其實喜歡的是男人？』

對方很快回了一則語音。

蔣俊楠立刻點開語音，只是手機還沒貼近耳朵，顧尋的聲音就放了出來。

他語速極快：『你他媽能不能別提岳千靈了？看不出來我很煩？』

「……」

他的話在小小的電梯裡迴盪，久久不散。

蔣俊楠明顯感覺到空間裡的空氣凝滯了片刻。

他的手僵在半空中，戰戰兢兢地側過頭，視線小心翼翼地落在身旁那個女生身上。

岳千靈死死盯著電梯門，雙拳緊握在側，雙腮肌肉微微顫抖，似乎咬牙咬得很用力。

蔣俊楠突然覺得好窒息。

「那個……」他試圖再掙扎一下，然而話音未落，電梯門一打開，岳千靈便快速走了出去。

走了兩步，她突然頓住腳步，回頭惡狠狠地看著蔣俊楠——的手機。

蔣俊楠還呆愣在電梯裡沒走。

可是她張了張嘴，卻什麼都沒說，只是胸口劇烈起伏著，咬著牙轉身就走。

蔣俊楠：「……」

怎麼感覺更可怕了。

買好電梯返回家裡時，岳千靈按開了密碼鎖，在進門前一刻，忍不住回頭看了對面的門一眼。

拒絕不喜歡的女生告白不是錯，但至於糟蹋人家的真心把人想得那麼不堪嗎？

岳千靈鼻尖酸澀，用力推開門，踢掉鞋子就倒在床上準備打算早點睡覺。

可是遙控器換上新電池後，還是毫無反應。

岳千靈不信邪，擺弄了好幾分鐘，硬是半點反應都沒有。

她氣得直喘氣。

今天到底是什麼倒楣日子！

她煩躁地拿出手機，打了個電話給房東。

「陳姐，我是七棟一三一四的租戶，今天剛搬進來的，冷氣遙控器是不是壞了？」

房東正打著麻將，耳機那頭環境非常嘈雜，聲音也有點不耐煩。

『怎麼會壞的？妳看看是不是沒電了？』

「我已經換了新電池了。」

『哦，那可能是壞了，妳等等，我回頭換個遙控器啊，三條！碰！』

岳千靈本來心情就不好，聽見房東敷衍的語氣，情緒頓時更差。

「回頭是多久啊？天氣這麼熱沒有冷氣我怎麼睡啊？」

房東『哎呀』了一聲，『那這麼晚了我也沒辦法去找啊，這樣，要不然妳去對面一三一五那邊借一下遙控器，那房子也是我的，冷氣都是同一個型號，遙控器是通用的。』

聽見岳千靈突然沉默，房東摸了一張好牌，便笑咪咪地說：『沒事，我馬上傳訊息跟他說一聲，都是年輕人，妳直接去借就行了。』

岳千靈的語氣立刻變得冷靜：「不用麻煩了，我再忍忍吧，謝謝。」

開什麼玩笑。

她今天就算熱死也不可能去找顧尋借遙控器。

這種事情只會讓人覺得她卑微求關注。

掛了電話，岳千靈直接躺到床上。

家裡沒冷氣的人多的是，難道人家就不睡覺了嗎？

心靜自然涼！

然而十分鐘後。

岳千靈爬起來打開窗戶。

有晚風吹進來，大概會好點。

又過了十分鐘，岳千靈雙眼瞪得像銅鈴，憤憤地看著天花板。

都十三樓了怎麼一點風都沒有呢？

她的睡裙已經有了一層黏糊糊的感覺，翻來覆去幾番，連頭髮都汗津津地貼在脖子上。

不僅毫無睡意，還感覺越來越熱。

岳千靈實在睡不著，只好又拿起手機打算消磨消磨時間，說不定找個劇來看看就睏了。

她一滑開螢幕，卻看見兩分鐘前，林尋傳了則語音訊息給她。

『睡了嗎？』

糯米小麻花：『沒有。』

糯米小麻花：『但是今晚不打遊戲，心情不好。』

糯米小麻花：『以及你能不能別傳語音。』

校草：『……』

校草：『沒叫妳打遊戲。』

校草：『怎麼這麼晚還不睡？』

糯米小麻花：『熱到睡不著。』

校草：『沒冷氣嗎？』

糯米小麻花：『遙控器壞了。』

校草：『借一個？』

糯米小麻花：『大晚上的我找誰借？』

校草：『沒有認識的鄰居？』

糯米小麻花：『沒有。』

校草：『？』

過了一陣子，他又傳來訊息。

校草：『就算不認識也可以試著去借一下，畢竟以後都是鄰居了。』

糯米小麻花：『不要。』

糯米小麻花：『我臉皮薄著呢，做不來那種死皮賴臉的事情。』

校草：『？』

校草：『不至於。』

傳完這則訊息，岳千靈也不打算跟他閒聊了，翻了個身，準備看劇，卻突然靈光一閃。

手機紅外線遙控器！

她立刻用手機下載一個軟體，搗鼓幾分鐘後，冷氣終於吹起涼風。

岳千靈心滿意足地躺回床上。

這時，門鈴聲突然響起。

岳千靈想著自己今天剛搬來，這個時候會有誰來找她？

她披上一件外衣，小心翼翼地走到門口，打開貓眼。

「……」

竟然是顧尋。

雖然隔著貓眼，兩人並未對視，但岳千靈心裡一半難過，一半尷尬，還有些緊張，根本沒辦法好好控制自己的情緒。

岳千靈深吸一口氣，儘量讓自己的聲音聽起來很平靜，「有事？」

貓眼裡只看得見顧尋的上半身，他的神情有些不自然，眼神飄忽，沉聲道：「妳先開門。」

岳千靈：「你要幹什麼？」

聽出岳千靈語氣裡濃濃的抵觸，顧尋氣不打一處來。

他凝視著貓眼，說道：「妳開門，我送個東西給妳。」

岳千靈立刻想到，應該是房東打電話給他叫他幫忙。

怪不得他的神情看起來這麼奇怪，大概是以為她在曲線救國吧。

岳千靈突然氣血倒湧，緊緊握著拳，聲音微顫：「不用了。」

顧尋的舌尖抵著下顎，才勉強壓制住心裡的煩悶。

只是他的聲音裡還是帶了點急躁，「妳快開，房東叫我給妳冷氣遙控器。這麼晚了妳不想睡覺了？」

許久，她突然打開門。

顧尋剛鬆了口氣，下一秒，感覺一陣涼風迎面吹來。

岳千靈站在他面前，笑得比風還涼。

「你以為全世界只有你那裡有遙控器？」

第十二章　第九事業部

門關上的那一瞬間，帶著她洗髮精香味的冷空氣又湧出一股，在這悶熱的夏夜帶來一股涼意，卻絲毫不能緩解僵硬的氣氛。

顧尋看著她的門，一口氣堵在胸口不上不下，難言的躁意在全身上竄下跳，產生好幾次再按門鈴的衝動。

但是當他抬起的手在半空中停滯半晌，最終沒有按下去，轉身推開自己家門。

蔣俊楠不知什麼時候站在門口，捧著外送盒子，好奇地看著他。

待顧尋進了屋，蔣俊楠見他直接往房間走，喊道：「不吃飯？」

顧尋頭也不回，「還嫌我閉門羹吃得不夠飽？」

蔣俊楠咽了一口飯，實在克制不了八卦心，問道：「不是，你們怎麼鬧成這樣的？是不是她告白的時候你說了什麼難聽的話？」

聞言，顧尋突然停住腳步，回過頭來，臉黑得可怕。

蔣俊楠突然道：「不是吧？被我猜中了？」

如果真的是這樣，蔣俊楠的負罪感便稍微減輕了一點。

他還沒告訴顧尋電梯裡發生的事情。

不敢說，害怕被連夜趕去機場。

看現在的情況，他更不敢說了。

不過好歹他不算始作俑者了。

蔣俊楠跟著他進了房間，靠著門框，試圖再洗刷一下自己的負罪感，於是問道：「不是，她是什麼地方得罪你嗎？人家好好的女孩子，又沒做什麼對不起你的事情，你幹嘛把人氣成那樣？」

顧尋坐在書桌前，臉對著電腦螢幕，被映上一層慘澹的藍光。

說得罪也算不上，但他對岳千靈的確實一直帶著一股不太好的濾鏡。

這件事說起來有點複雜。

他想起他們第一次見面的時候。

那時顧尋剛和他媽媽顧萍韻的關係稍微有點緩和，還是他主動服的軟。

隨後顧萍韻來江城出差，正好遇上岳千靈的媽媽也在這邊，兩人聯絡聯絡感情，發現自己的孩子都在同一所大學，於是約出來一起吃飯。

顧萍韻不知怎麼的，第一次見面就特別喜歡岳千靈，看她特別合眼，於是在明知顧尋並不喜歡和陌生人閒聊的情況下，不停地把話題往他和岳千靈身上拋。

飯桌上，顧尋已經很煩了。

結束後，顧萍韻還笑盈盈地跟他說：「你也到了該談戀愛的年紀了，我看岳千靈這女孩挺好的，是我喜歡的那種女生，漂亮，還是學藝術的，家教又好，還跟你年紀相仿，就該讓這種女孩子和你中和中和。對了，你剛剛怎麼不跟人家加個好友？多接觸接觸呀，以後沒事一起出去玩，你們很般配的。」

她一條條地羅列著岳千靈身上的優點，已經胸有成竹的做好了安排。

殊不知，顧尋這二十多年，費了最多力氣的事情就是和她的安排做抗爭。

從記事起，穿什麼衣服，吃什麼菜，看什麼書，學什麼興趣愛好，甚至和哪些人做朋友，全都在她緊密的安排中。

有一年暑假，顧尋和小麥他們去海南玩，臨行前，顧萍韻交給他一份清單，上面仔細地寫著第一天玩什麼吃什麼，第二天玩什麼吃什麼，第三天……

那一次，小麥親身感受到顧尋的窒息感。

然而隨著顧尋的年齡越來越大，顧萍韻的行為只是變本加厲。

當顧尋反抗的時候，她永遠振振有詞。

「你看你跟沒爸有什麼差別？你爸從小到大管過你嗎？難道你忘了那年他去開家長會，連你讀幾年級都不知道！我對你不付出加倍的關心，你能健康長大？」

高三那年，顧萍韻終於受夠了，和林盛華離婚。

她根本沒有問過顧尋的意見，拿著法院判決書，將他帶走。

之後不到一個月，顧尋放學回家，才得知顧萍韻連他的姓都改了。

「既然已經離婚了，以後就當沒那個爸，你就是我顧萍韻一個人的兒子。」

從林尋變成顧尋，他連知情權都沒有。

幾個月後，升學考成績出來了。

顧尋看了一眼便去睡覺。

然而第二天一醒來，顧萍韻在餐桌上擺了一張表格。

「你這個成績不用說，自然是去P大，不過你都這麼大了，要為自己的未來負責，我幫你挑好了幾個前景很好的科系，你來選一下。」

那天早上，顧尋一言不發地看著顧萍韻，眼神逐漸從憤怒轉為無力。

「隨妳便。」

顧萍韻便幫他填好了志願。

然而志願截止前夕，顧尋一個人去學校找老師改了志願。

他可以不去最好的學校，但他想離顧萍韻遠遠的。

學校雖然規定志願更改必須要家長同意，但老師也為顧尋破了例。

當錄取通知書下來，顧萍韻一遍遍地打電話問學校是不是錄取錯了。

詢問無果，她冷靜下來，看見顧尋平靜的表情後，才反應過來。

那一次，顧萍韻和顧尋從爭吵到冷戰，持續了將近三年。

期間有過短暫的緩和，但總會因為類似的事情重蹈覆轍。

所以第一次見到岳千靈的時候，她這個人便伴隨顧萍韻的控制欲捲土重來。

顧尋產生的抵觸感其實和她本人無關，不管她是岳千靈還是王千靈，效果都一樣。

可是事到如今。

顧尋睜眼看著天花板，覺得命運的齒輪真是亂亂轉。

至今，他還有點回不過神。

清晨，岳千靈睜開眼看見陌生的環境還有點不適應。

她下意識起床匆忙洗漱，然後坐到梳妝檯前開始化妝。

拿起粉底正要擠出來，她愣了片刻，岳千靈才反應過來，改變的不只環境。

於是，仔細梳妝打扮的時間被她用來吃一頓精緻的早餐。

以前她住學校，離公司遠，又要早起化妝，每天的早餐都是牛奶加便利商店的麵包。

已經很久沒有像這樣坐下來慢慢地吃一頓有熱牛奶熱雞蛋的早餐了。

半個多小時後，她穿著簡單的短袖和褲子去上班。

她走路的時候在看手機，直到站到電梯前，才看見一個熟悉的背影。

顧尋好像也有了感應似的側過頭來。

目光相接，顧尋張了張嘴，正想說話，岳千靈沒什麼表情，視線輕飄飄的在他身上停留了一秒，便又回到手機上。

顧尋：「……」

電梯裡只有他們兩個人，分別站在兩角。

岳千靈一直低頭捧著手機，手指飛速打字，一刻也不停歇。

直到電梯到了一樓，她終於抬起頭。

顧尋張口，那個「妳」字還沒吐出來，岳千靈又說著電話揚長而去，頭也不回。

直到走出這棟大樓，岳千靈才將手機放回包裡。

她在臺階上站了片刻，長長地舒了一口氣，拍了拍胸口。

雖然剛剛差點落荒而逃。

但挑戰面無表情面對顧尋的第一天，勉強成功！

因為淩晨又下過一場雨，今天早上不算太熱，公司裡氣氛也沒那麼沉悶。

岳千靈到得比較早，辦公區沒幾個人，尹琴打量她一眼，目光裡有幾分驚詫，但什麼都沒說，又轉過頭跟其他人聊天。

沒多久，黃婕來了，她坐岳千靈旁邊，剛放下包，往岳千靈這邊一看，突然彎腰湊近。

「咦？妳今天沒化妝了呀？」

「對啊。」岳千靈說，「早上多睡一下。」

「哦喲，妳終於還是膩了是吧？」黃婕坐下來，笑著說道，「前段時間我看妳天天打扮得那麼精緻，還佩服妳都不用多睡幾分鐘的，原來妳也會偷懶呢。」

岳千靈不置可否地撇了撇嘴。

因為沒有化妝，她想揉眼睛就揉眼睛，睏了就趴在桌上小睡，頭髮俐落地綁在腦後，不會被遮擋視線，連工作效率都提高了許多。

距離午休時間還有二十多分鐘，她已經做完了手頭上的事。

百無聊賴地滑著社群，聊天軟體突然彈出一則訊息。

駱駝在那個沉寂了一整天的群組裡說話了。

駱駝：『@糯米小麻花，妳沒事吧？』

糯米小麻花：『當然沒事了。』

駱駝：『那就好。』

糯米小麻花：『不過我跟你說，我居然跟他成了鄰居，我真的服了呀。』
駱駝：『……緣分啊。』
糯米小麻花：『緣什麼緣，你知道我昨天發現這一點的時候有多無語嗎！』
糯米小麻花：『感覺我都要尷尬死了！』
駱駝：『呃……有什麼好尷尬的，妳平常心。』
糯米小麻花：『我怎麼平常心啊？這太尷尬了吧，他肯定覺得我死纏爛打故意搬去他對面唄！』
糯米小麻花：『好了不說了，我要去吃飯了。』
岳千靈鎖上電腦，和黃婕一同站了起來。
這個時間點去吃飯的人很多，電梯前擠了不少人。
岳千靈和黃婕等到第二輪才進了電梯。
然而她一抬眼，卻看見顧尋和易鴻也在裡面。
岳千靈：「……」
她跟易鴻點了點頭，隨即轉身背對他們。
肩膀卻繃得很緊。
老天爺真的很不想她好過是嗎。

黃婕沒注意到岳千靈的異常，和易鴻聊了一路。

等出了電梯，易鴻順口便問道：「一起吃去啊。」

黃婕扭頭看向岳千靈，「我們一起唄。」

短短十幾秒的電梯，岳千靈感覺自己的背都要僵了。

而黃婕這麼一說，岳千靈渾身神經倏地一緊，下意識就想拒絕。

可惜黃婕根本不是在徵求岳千靈的意見，直接挽著她的手將她拉走。

午休時間不多，大多數餐廳也很擠，他們便選了一家效率高的快餐廳。

點餐臺上的ＬＥＤ螢幕掛著今日的菜品，兩葷一素加一分例湯是配套。

黃婕和易鴻點好菜後，輪到岳千靈。

岳千靈感覺顧尋站在她身後，身心緊張到不行，整個人有些飄忽。

她仰著頭，看了一陣子，對點餐員說：「我要一份糯米蒸排骨，一份宮保雞丁，還要一份白灼菜心。」

點餐員一一記下，又問顧尋：「先生，您呢。」

顧尋收回落在岳千靈背後的視線，抬頭看著菜單，片刻後，他的目光又輕輕地掃過岳千靈。

「糯米蒸排骨、宮保雞丁、白灼菜心。」

岳千靈：「……」

她皺了皺眉，回頭看了顧尋一眼，張了張口，似乎想說什麼。

可是最終還是抿著唇轉頭走了。

落座後，易鴻張望四周，看見自助飲料檯，便問：「妳們要喝什麼？我去幫妳們拿。」

黃婕：「我要橙汁！」

岳千靈：「我要酸梅湯，謝謝。」

易鴻點了點頭，起身的時候對顧尋說：「你要可樂對吧，我一起幫你拿了。」

顧尋正要說好，但抬眼看見岳千靈盯著手機，一副忘我的模樣。

他皺了皺眉，說道：「我要酸梅湯。」

岳千靈：「……」

她目光微閃，抬眼看向顧尋。

顧尋也正盯著她。

視線只有片刻的交錯，岳千靈便藏著眼裡的慌亂，重新低下頭。

這頓飯只吃了半個小時，但對岳千靈來說，卻是度秒如年。

加上天氣燥熱，走出餐廳，岳千靈額頭上出了一層細密的汗。

易鴻見狀，問道：「喝冰咖啡嗎？」

正好岳千靈也覺得有點睏，便點頭道：「好啊。」

隔壁就是一家星巴克，他們一行四人走進去，正好收銀檯沒人排隊。

還是易鴻和黃婕先點了單，輪到岳千靈時，她熟稔地點了一杯冰美式。

然後轉頭往另一邊走去。

然而她剛跨出一步，聽見顧尋對點餐員說道：「一杯冰美式。」

岳千靈腳步一頓，想回頭，卻硬生生忍住了。

另一邊。

黃婕在櫃子前朝岳千靈揮手：「他們出新杯子了！好可愛！快來看看！」

岳千靈立刻快步走了過去。

不遠處的櫃檯上擺滿了水杯，黃婕和岳千靈選得起勁，易鴻看了一眼，突然想起什麼，轉頭問顧尋：「你的杯子前幾天不是壞了個缺口嗎？要不要順便買個新的？」

顧尋看向那一邊，點了點頭。

岳千靈正彎腰挑選著。

剛搬家，宿舍裡的杯子沒帶走，新家正好缺一個。

她不喜歡外表太花哨的杯子，選來選去，看中了一個黑底樸素的杯子。

但她剛剛拿起包裝盒，另一隻手便伸了過來，拿了一個一樣的。

岳千靈一愣，側過頭，果然對上顧尋的目光。

她的眼裡含著複雜的情緒，雙唇微動，似乎是想說什麼。

但顧尋等了好一陣子，見她沒有開口的意思，才問道：「怎麼？」

「沒什麼。」

岳千靈擰著眉，拿起杯子便去買單。

顧尋慢悠悠地站到她身後，說道：「有話就說。」

但岳千靈就跟沒聽見他說話似的，買了單轉頭找黃婕。

回到座位，岳千靈把杯子拆了，打算用開水燙一燙，桌邊的手機突然響了起來。

小麥：『娛樂午班「雞」，有人嗎？』

糯米小麻花：『不來，我在公司呢。』

糯米小麻花：『剛剛發生了大無語事件。』

駱駝：『什麼事？』

糯米小麻花：『我又遇到那個顧尋了，你知道他幹了什麼嗎？』

糯米小麻花：『他跟我點一樣的菜，喝一樣的飲料，買一樣的咖啡，就連杯子都選了跟我一樣的！』

駱駝：『啊？』

糯米小麻花：『我當時真的特別想跟他說一句話，但是考慮到周圍有那麼多人，還是忍住了。』

這次駱駝沒回，反而是另一個人插了話。

校草：『想說什麼？』

糯米小麻花：『想跟他說。』

糯米小麻花：『複製羊桃莉最多只活六年。』

校草：『……（微笑）。』

岳千靈原本以為她會得到三個朋友的集體附和，結果等她洗完杯子回來，群組訊息還停留在林尋那則意味不明的回覆。

糯米小麻花：『怎麼，你們被無語到無語了嗎？』

過了好一陣子。

駱駝：『確實，怎麼會有這麼無語的事情。』

傳完這則，駱駝立即打開顧尋的聊天欄。

駱駝：『這就是你吸引人家的注意力的方式？』

駱駝：『沒吃過豬肉也該見過豬跑吧？』

顧尋沒回駱駝。

此刻他坐在椅子上，望著滿螢幕的程式碼，根本沒看手機。

其實距離他拒絕岳千靈不過才一天的時間，但他不知道自己為什麼有一種經歷了一個世紀的感覺。

兵荒馬亂，雞飛狗跳。

就連今天下午發生的幾個小巧合，也變得戲劇性。

而岳千靈說的那句話像一盆冷水兜頭而下，澆得他清楚地意識到，說出去的話如潑出去的水，根本收不回來。

沉默許久，他深吸一口氣，站了起來，朝茶水間走去。

經過美術組時，走道旁邊圍了一群人，嘰嘰喳喳地討論著什麼。

有人突然叫住他。

「顧尋，有事嗎？沒事過來幫忙看看吧。」

顧尋停下腳步，側過頭問道：「什麼？」

主美術眼下青黑，一看就是又熬了通宵，指著電腦螢幕，說道：「看看這裡面有沒有你覺得符合西格莉德的畫風？」

西格莉德是第九事業部正在開發的3A遊戲中比較重要的女BOSS，她的原畫設計從去年搞到今年，一直被推翻，毫無頭緒。

基於遊戲世界觀，她的設定最複雜，代表著絕對的力量和邪惡，同時又具備女性特質的美麗軀體和面龐。

這段時間出來的草圖起碼有上百版，要麼人物過於展現女性曲線，毫無力量感。要麼就是邪惡感太明顯，一看就是反派大BOSS。

但作畫的永遠是美術組那些人，他們沒日沒夜地思考，把西格莉德的人設記得爛熟於心。

正因如此，他們反而無法跳出原本的思考限制，已經完全找不到可以突破的方向。

原畫組交不出作業，3D建模那邊又催得緊，主美術沒辦法，只好讓人去網路上搜集了近兩百張風格契合的圖畫來作參考。

不過這麼多圖，組員們大多沒耐心看到最後，這時正嘰嘰喳喳的，各抒己見，吵得主美術頭疼，只好找一個清醒的局外人來參考，看見主開發經過，這最好不過了。

正好顧尋現在比較空閒。

他走到主美術旁邊，美術組其他人讓出位子。

電腦螢幕正處於相簿預覽畫面，顧尋坐下來，打開第一張圖片。

一開始大家還圍著他，和他一起看。

但顧尋並不是走馬觀花，每張圖他都看得極認真。

半個多小時後，他還沒看到一半。

而且他看圖的時候一言不發，眼神專注地盯著螢幕，不和其他人交流，因此看到後面，美術組的人都各忙各的去了，只有主美術還坐在顧尋旁邊。

一晃眼，一個中午過去，眼見相簿裡還剩十幾張。

顧尋還是沒發表意見，主美術也有些按捺不住了，小聲問：「你覺得有適合的嗎？」

話音剛落，就見顧尋鬆開握著滑鼠的手，抵著下巴，凝神看著眼前的一張圖。

片刻後，他站起身。

「這張最好。」

「最？」主美拿過滑鼠快速翻動後面幾張圖，「其他的不看了嗎？」

顧尋已經離開座位，丟下一句話。

「我不看了，你們自己做決定。」

主美偏著腦袋，盯著這張不好形容的圖，一時間不知道該說什麼。

三天後的下午，岳千靈正在埋頭上色，內部聊天軟體上突然出現一個陌生的聯絡人傳來的訊息。

『岳千靈，下午好，我是第九事業部的主美術衛翰，有空聊聊嗎？』

岳千靈愣了愣，湊到黃婕旁邊，低聲問道：「第九事業部的主美術居然叫我跟他聊聊，什麼情況啊？」

「我看看。」黃婕轉身看了岳千靈的電腦一眼，皺起了眉，「不知道，他找妳幹什麼啊……」

黃婕想到了什麼，突然壓低了聲音，「該不會是想聊騷吧？」

「妳有點想太遠了。」岳千靈皺著眉推開黃婕，「哪有人聊騷用內部聊天軟體的？追求禁忌感嗎？」

她簡單地回了幾個字。

『請問有什麼事？』

過了一陣子，對方回：『一時間說不清楚，要不然妳來我的辦公室一趟？』

岳千靈想了想，決定去一趟第九事業部。

距離上次來這裡已經過去了半年多，岳千靈對這層樓依然陌生。

她不記得美術組在哪裡，想找個人問，卻發現入目的座位居然都空著。

這個部門未免也太自由了吧。

繼續往前走了一段路，聽見有人說話的聲音，她抬頭望去，見一個人正在打遊戲，身邊還有五、六個人圍觀，拿著平板在記錄什麼。

岳千靈想找他們打聽主美術辦公室，於是靜悄悄地走過去。

這群人全神貫注，絲毫沒有注意到岳千靈的靠近。

待走到他們身旁，岳千靈才發現坐在那裡的是顧尋。

他穿著黑色短袖，靠著椅背，一隻手放在鍵盤上，一隻手操作著滑鼠，平靜地看著螢幕。

視線所及之處，岳千靈見他兩隻手飛速地操作，遊戲人物拋出抓鉤瞄準高處，一躍而起的同時飛天狙開鏡預瞄。

爆頭的時候，他連眼睛都沒有眨一下。

整個操作流暢精準，一氣呵成，以至於他旁邊站著的人忘了記錄。

而顧尋曲起一隻腿踩著墊板，鬆開滑鼠，垂眼盯著螢幕上的人物。

「這個機械打擊感，塑膠得跟街機似的，跟COD現代戰爭根本不是同一個等級，沒有可比性。」

說完，他打算起身，一抬頭卻看見站在一旁的岳千靈。

視線相接的一瞬間，顧尋起身的動作停滯。

他的目光微閃，問道：「妳怎麼過來了？」

岳千靈也愣了一下。

她剛剛看他操作不知不覺看入了迷，沒想到他會突然抬頭。

不過此刻她也不知道哪根神經牽動著自己的面部肌肉，朝他皮笑肉不笑地扯了扯嘴角就算是回答他的問題，隨後轉頭，問一旁的易鴻：「主美術辦公室在哪啊？」

易鴻想了想，突然明白了，指了個方向，「前面左轉第二間辦公室。」

「好的，謝謝。」

說完，岳千靈轉身。

為了讓自己看起來不像落荒而逃，她非常刻意地控制了腳步，不緊不慢地朝前走去。

顧尋看著她的背影，半晌，才問易鴻：「她找主美術幹什麼？」

易鴻「咦」了一聲，「你不知道啊？我還以為你知道是岳千靈畫的。」

岳千靈走進衛翰辦公室時，他正在埋頭飛速打字。

見岳千靈進來，立即放下手頭的事情，指了指桌前的椅子，「坐啊。」

岳千靈拉開椅子，還沒坐下便問：「找我有什麼事嗎？」

「是這樣，我們的案子有個BOSS叫西格莉德，她的人設比較複雜，我們一直沒有做出符合人設的原畫，前段時間我讓人從網路上找了一、兩百張圖想參考參考，然後看到一張克蘇魯風格的蛇女三視圖。」

聽到這裡，岳千靈更迷惑地抬了抬眼。

「嘿，我第一次看的時候，覺得完全不是我想像中的西格莉德，就滑過去了。」衛翰說著說著，突然激動地站起來，俯身湊近岳千靈，「不過前幾天我們有個同事幫我們看圖的時候，說這張最好，然後我們組仔細研究了幾天，發現還真的是那麼一回事。克蘇魯蛇女乍一看有點嚇人，但是人物形態和神情細細看來，就是我們想要的絕對的力量和邪惡，只是表現得不那麼直白而已。」

「所以……」岳千靈問，「你說的是我那張圖？」

畢業前幾個月，岳千靈手頭的事情比較少，閒著沒事的時候斷斷續續地畫了那張畫，完善細節後便上傳到很久沒有更新的社群上。

當時分享按讚留言也不少，但她不怎麼在意。

「可不是嘛！當時我讓人去聯絡畫師，找到了社群，結果有人告訴我，那就是妳啊。」

衛翰興奮地拍了拍桌子，「我們商量了一段時間，覺得這種東西很難模仿，所以想讓妳幫忙完成西格莉德的原畫。」

將近兩個小時後，岳千靈才從衛翰的辦公室出來。

他跟她聊了很多關於西格莉德的人設背景，以及整個遊戲的世界觀，資訊量太大，岳千靈到現在還暈乎乎的。

而且她也不確定要不要答應衛翰的請求。

她很明白第九事業部的案子對整個公司意味著什麼，也是這一群人付出多年的心血。

她從沒接觸過3A大作，本身經驗也不多，不敢輕易答應，承擔起一個重要BOSS的原畫。

可是所有理性思考，都抵不住她心底的躍躍欲試。

岳千靈想得入神，一步步離開美術部門，正朝電梯走去，完全沒注意到周邊的情況。

顧尋站在走廊盡頭，見岳千靈出來，耐心地等到她走到自己面前，正要開口，卻見她連頭都沒有抬一下，直接轉進電梯間。

顧尋：「……」

他默了默，開口叫住她。

「岳千靈。」

岳千靈突然頓住

印象中，這是顧尋第一次叫她的名字。

沒想到這三個字被他的清朗的聲音念出來，居然是這樣輕柔的感覺。

許久，她才回過頭，沒什麼語氣地說：「有事？」

顧尋朝岳千靈走近幾步，正好站在窗戶下。

陽光被切割成幾何形，落在他臉上，模糊了他的神情。

他沉沉地看了岳千靈一眼，才開口：「妳要幫我們的忙嗎？」

「不知道。」

答案過於簡潔，連多一個字都不肯。

顧尋別開視線，深吸一口氣，繼而看向她時候，目光裡多了些無奈。

這樣一對比，打遊戲時的岳千靈真是平易近人多了。

顧尋低頭想了一下，倏地抬眼，沉聲道：「那……加個聊天好友嗎？」

說完，他緊張地看著岳千靈。

岳千靈垂在褲邊的指尖輕輕顫了顫。

下一秒，她冷著臉說：「我通常只加熟人。」

顧尋：「……」

電梯到了，岳千靈走了進去。

直到她的身影被電梯門隔絕，顧尋才收回視線。

他拿出手機，點開岳千靈的對話欄，自嘲般笑了笑，低聲道：「還不夠熟嗎？」

手指在螢幕上停頓片刻後，他點進岳千靈的動態，入目第一則就是半年前岳千靈上傳的那張照片。

那天如果沒有那麼多人，他靠近觀景臺，看見她本人，一定能發現什麼吧。

也不至於造成現在的場面。

顧尋低頭看著那張照片，久久無言。

突然，他目光微動，隨後兩指撐開，將照片放大。

當時他只顧著看照片上的煙火和方位來判斷她在現場，卻忽略了照片下方的人群。

而此刻當他目光專注，發現密密麻麻的人群中，有一個人影好像是他自己。

一個模糊的側臉不能完全確定，可旁邊恰好也有一個微胖的男人，那男人正好也揹了一個暗紅色的背包。

那不就是駱駝嗎……

顧尋幾乎立即確定這張照片裡的人是他。

只是他不確定岳千靈上傳這張照片，是有意而為，還是只是巧合。

他潛意識裡已經有了答案，只待求證。

這時，易鴻突然拿著平板朝他揮手，「你站在那幹什麼？開會了！」

顧尋擰了擰眉，朝會議室走去。

這只是一個短暫的臨時會議。

三十多分鐘後，大家起身離開，只有顧尋還坐在會議室裡。

關於那張照片的種種猜想又冒了出來，他拿出手機，再次點進岳千靈的動態。

卻看不見那張照片了。

顧尋倏地坐直，下滑更新。

還是看不見。

她竟然刪除了嗎？

顧尋的心情突然割裂到無法用語言形容。

她的行為不僅證明照片裡的人是他。

就連那句「新年快樂」也是岳千靈專門對他說的。

可是她竟然俐落地刪除了！

電梯門關上的那一瞬間。

岳千靈看著鏡面裡的自己，終於將提著的那一口氣鬆了下來。

電梯緩緩下降，在這狹窄的空間裡，她清晰地聽見自己忽輕忽重的呼吸聲。

她不知道顧尋是怎麼了。

以前那麼多次碰面機會，他都視若無睹，現在兩人連「算認識」的關係都難以維持時，他卻好像能看到她了。

她下意識拿出手機，想跟印雪說這幾天發生的事情，可是當她點開聊天軟體的時候，手指卻頓住了。

不能這麼不爭氣。

因為人家一句「加個好友」，就又想去做閱讀理解，是高中國文試卷做的還不夠嗎？

幾天前才那樣拒絕妳，能有什麼其他意思呢？

還想被自己的期待和幻想折磨嗎？

思及此，她又想起自己半年前自作多情上傳的那張照片。

岳千靈將它翻出來，看著照片裡那個模糊的身影，凝神片刻，點了刪除。

隨後繼續往下翻了翻。

雖然她上傳的內容不多，但總會有些深夜矯情產物，只有她自己知道是因為什麼發出去的。

花了幾秒時間，岳千靈刪到只剩下了三、四則貼文才罷手。

岳千靈下班回家的時候，天還大亮著。

走到社區門口，岳千靈竟然又遇到了顧尋。

有時候她在想老天爺是不是總愛捉弄她。

不然為什麼在她用盡全力想把這個人從腦子裡完全清除乾淨時，卻一次次讓他出現在自己面前。

墨菲定律也不能總在她一個人身上驗證吧。

遙遙對視一眼，岳千靈很快收回目光，面無表情地左轉。

她住的那棟其實在右邊，但最近買的生活用品開始陸陸續續到了，今天快遞便電話通知她存放在社區左面邊的驛站。

走了兩步，岳千靈察覺到什麼，於是往旁邊一看。

正好顧尋也看了過來，兩人的目光又一次相遇。

夕陽明晃晃地落下，使他直視的目光顯得越發明顯。

這一天相遇的次數實在太多，岳千靈有一股異樣的感覺。

但她沒多想，收回視線，語氣不太好地嘀咕道：「真巧。」

顧尋走在她身旁，垂眼笑了笑，「不巧。」

岳千靈突然側頭氣呼呼地看了他一眼。

陽光下，她臉頰的茸毛清晰可見，嘴巴略微嘟著，好像又生氣了。

顧尋只好別開臉，看向另一側，低聲自言自語道：「我是故意的。」

可惜岳千靈並沒有聽見他在說什麼。

兩人就這樣，相隔著兩公尺的距離，朝同一個方向走去。

岳千靈再也沒往旁邊看過一眼，直到到了驛站，她停住，發現顧尋的目的地好像也是這裡。

前面有幾個人排隊，岳千靈下意識不想站在他後面，於是悄然加快了腳步。

然而腿比人家短那麼一大截，就這樣，岳千靈還是慢了一步，只能站到顧尋身後。

幾秒後。

岳千靈終於反應過來自己剛剛為什麼下意識想搶先。

因為她一抬眼，入目是顧尋近在咫尺的背影。

不抬眼，鼻尖又能聞到他衣服上的洗衣精的味道。

大概是天氣太熱了，岳千靈煩躁地抿了抿唇，不動聲色地退了一步。離他遠一點，心情大概就不會這麼複雜了。

幾分鐘後，顧尋取了件，是一個單手便能拿起的小盒子。

他轉身的時候，岳千靈刻意低下頭看手機，直到他出去了，岳千靈才抬起頭，報了自己的取件碼。

驛站的人查了查，說道：「哦這個，堆在外面。」

岳千靈走到門口，卻發現顧尋還沒走。

他站在那裡，餘暉灑在他身上，將瞳孔映成了淡淡的琥珀色，低頭看著手機。

聽到有人出來，他抬頭，正好對上岳千靈的目光。

「你怎麼還沒走？」

沒想到等來的是這句話，還莫名有點耳熟。

顧尋的視線掃過面前堆著的各種大件快遞，偏了偏頭，說道，「不行曬曬太陽？」

當自己綠色植物呢。

岳千靈不再看他，彎腰找自己的快遞。

「三〇四五……」岳千靈在心裡默念著取件碼，當真正看到那個箱子時，卻傻了眼。

不是一個拆分的簡裝置物架嗎？

怎麼這麼大？

「需要幫忙嗎？」

頭頂冷不防傳來顧尋的聲音，岳千靈愣了片刻，沒去看他。

「不用，謝謝。」

說完，她把手機放進包裡，彎腰抱住快遞箱。

「……」

沒關係，我可以的。

岳千靈深吸一口氣，努力把腰直起來。

可是這東西也太重了。

岳千靈走了幾步便感到不堪重負，而且這個箱子抱起來後比她還高，完全擋住視線，只能歪著腦袋看路。

並且，她感覺到顧尋好像走在她後面。

那若有似無的視線落在她背上，讓她感覺路更難走了。

離開驛站沒多遠便是一段上坡路，饒是岳千靈已經做好了心理準備，卻還是力不從心。

她走得一步比一步慢，還看不清路，聽見有小孩子朝這邊跑來的聲音，她反射性往後一退，整個人便失去重心。

「啊——」

往後倒的那一瞬間，岳千靈下意識尖叫出聲。

但這聲音卻在她撞到身後那人的懷裡時戛然而止。

空氣裡悶熱的風彷彿在這一刻停滯了。

她又聞道那股淡淡的洗衣精味道。

不用回頭，她都知道自己撞到誰。

並且好像還踩了一腳。

岳千靈愣神片刻，閉了閉眼，深吸一口氣，突然想通了些。

這箱子真的太重了。

日子總要過下去的，他們只要一天是鄰居，就避免不了碰面。

如果每次見面，她都這樣為難自己，還活不活了？

如果不想讓顧尋覺得她還念念不忘，或許若無其事才是最好的保護傘？

思及此，她放下手裡的東西，從顧尋和箱子中的縫隙擠出來，轉身看著他，平靜地說：

「謝謝。」

「不客氣。」

沒有再多說，顧尋把手伸向岳千靈，她從善如流接過他手裡的小紙盒。

隨後，顧尋搬起她的箱子，朝住的那棟走去。

兩人就這樣無言地進了電梯。

直到顧尋把箱子放在地上，才似自言自語般說道：「這東西怎麼比妳還重。」

「……」

岳千靈低頭看了他白色球鞋上的黑腳印一眼，決定這次不反駁他說的話。

到達十三樓，顧尋把箱子放到她家門口。

岳千靈一邊按指紋鎖，一邊沒什麼語氣地再次說道：「謝謝。」

顧尋抬眼，「不用幫妳搬進去？」

「不用麻煩，我自己可以。」

沉默片刻後顧尋「嗯」了一聲，轉身開自己家的門。

然而門打開了，他卻沒進去，靠著門框，肆無忌憚地打量著岳千靈。

岳千靈一開始背對顧尋，發現箱子推不動，於是繞過箱子先進門，抱著它往裡拖。

但好像被什麼東西卡住了，死活拖不進去。

岳千靈正著急，手裡的重量卻突然一輕。

箱子擋著視線，岳千靈看不見背後的那個人。

她怔住片刻，隨即便借著他的力後退。

進了屋，依然隔著那個箱子，兩人都看不見對方。

岳千靈道謝的聲音終於有了點情緒，「謝謝。」

「說了不用客氣。」

箱子之所以這麼大，是因為裡面的置物架根本沒有怎麼拆分。

所以雖然難搬了點，但組裝的時候很方便，只花了十幾分鐘。

期間手機一直震動，她沒管，沉迷在組裝傢俱的樂趣中。

好一陣子，她把置物架推到牆角，見尺寸也合適，才滿意地把雜物堆放上去。

看手機訊息，已經是半個小時後的事情。

看見小麥在群組裡叫人打遊戲，岳千靈竟然有一種恍如隔世的感覺。

自從她跟他們哭著說自己失戀了，他們好像默契地照顧著她的心情，再也沒找她打遊戲。

現在大概是覺得她的心情已經恢復得差不多了。

小麥：『@糯米小麻花妳來嗎？』

岳千靈敲了兩個字。

糯米小麻花：『來啊。』

岳千靈和小麥最先上線，開了語音後，小麥莫名清了清嗓子，語氣有點僵硬。

『那個……妳還好嗎？』

『還好啊。』

『不難過了吧？』

岳千靈垂了垂眼，『有什麼好難過的，三條腿的蛤蟆不好找，兩條腿的男人到處都是。』

顧尋一上線便聽到這句話，他默了默，什麼都沒說。

『嗯，妳能這麼想就好。』駱駝慢悠悠地說，『不管事情怎麼樣，自己才是最重要的，千萬別太難過啊。』

岳千靈「嗯」了聲。

『那……』小麥躊躇片刻，才開口，『妳還喜歡他嗎？』

耳機裡三個人突然沉默，似乎在緊張地等著她的答案。

岳千靈沉吟片刻，才悶悶地說：『不喜歡了。』

『真的不喜歡了？』

林尋的聲音出現的很突兀。

岳千靈眨了眨眼睛，『有意見嗎？』

耳機裡，那人默了默，語氣突然變得沉沉的，『不是，妳這麼果斷嗎？』

岳千靈輕哼了聲，『你們知道嗎，我現在每天在家門口撞見他，都在克制一股衝動。』

顧尋：『什麼衝動？』

岳千靈：『幫他搬家的衝動。』

「……」

倒也不必。

顧尋捂著麥克風，重重地吐了一口氣。

『現在他在妳眼裡就一無是處了嗎？』

岳千靈埋頭跑毒，沉默著沒說話。

顧尋又問：『妳之前那麼喜歡他，他肯定很優秀吧？』

當然。

他就是很優秀，不管是外在，還在能力，都不是普通的優秀。

不然怎麼能成為她完美的愛情憧憬對象。

可岳千靈此時並不想承認。

每想一分他的好，就會為自己增添一分難受。

於是她喃喃道：『優點當然還是有的，不過不多。』

顧尋鬆了口氣，連聲音都放輕了點，似漫不經心地說：『比如呢？』

岳千靈：『長得好看。』

顧尋『嗯』了一聲，『這點是肯定的，然後呢？』

他等了半晌，竟沒聽見岳千靈說話。

『就沒了？』

岳千靈：『……』

顧尋：『……』

靠。

他忍了很久，才又說道：『他肯定很聰明吧？』

岳千靈：『和愛因斯坦比起來還是差很多。』

『……』顧尋再忍，『那——他的個子很高吧？』

岳千靈：『也比不上姚明。』

杠精附體了嗎？

顧尋氣笑，盯著螢幕裡那個人看了半晌，『那他——』

他花了一秒來想自己還有什麼優點，『樂於助人吧？』

說完他自己都噎住。

這他媽什麼形容詞。

『……』

但這次換岳千靈啞口無言。

她總是想幫自己找理由，告訴自己顧尋沒那麼好。

明確的優點可以自我麻痹地忽視掉，但是回想起自己每次遇到狀況，顧尋對她還真的算挺好的。

『哦。』但她不想承認，倔強地說，『那不是小學生的基本準則嗎？』

「岳千靈」三個字差點就要脫口而出，顧尋硬生生忍住，壓著嗓音問道：『好，那作為一個成年男人，他花心嗎？』

『我怎麼知道，我又沒當過他女朋──』岳千靈終於察覺到不對勁，頓了片刻，『不是，你今天怎麼回事啊？怎麼一直為他說話啊？』

耳機裡的人沉默了一下，才又說道：『我只是好奇妳怎麼放下得這麼快，雖然我不認識他，但是妳之前那麼喜歡他，說明他一定是個很值得妳喜歡的人。』

一直插不上話的駱駝和小麥幾度想出來阻止他。

你他媽別說了。

『那又怎樣，他又不喜歡我。』岳千靈想起另一件事，越發覺得自己可笑又可悲，『你要是知道他怎麼和他室友說我的，你會……』

『什麼？』

『會想和我一起幫他搬家。』

第十三章　藥

蔣俊楠的手機瘋狂震動時，正在麗江的小酒吧裡玩。

等他從舞池出來，朋友才提醒他有人打電話給他。

他拿起手機一看，好傢伙，好幾個未接來電。

「出什麼事了？」蔣俊楠急匆匆地走出酒吧，在門口差點絆一跤，「什麼事這麼著急？你沒事吧？」

電話那頭傳來顧尋冷冰冰的聲音，『你跟岳千靈說了什麼？』

「啊？」蔣俊楠一時間沒反應過來，「我跟她說什麼呀我跟她又不熟。」

話音落下，他倏地一怔，腳步卡在門口，「哦……你說電梯那事啊，你知道了？」

電話那頭，顧尋閉眼深吸一口氣。

竟然還真的有這麼一回事。

剛剛他問岳千靈，室友說了什麼，岳千靈明顯很不想提起，就說了句「他很煩我」便直接轉移了話題。

打完遊戲後，他直接來問蔣俊楠。

能和岳千靈接觸的室友，只有蔣俊楠。

「就是那天我下去拿外送，問你為什麼拒絕岳千靈，你說你很煩她，我的手機聽筒不太靈敏，就直接放了出來被她聽到了。我跟你說，我當時絕對不是故意的，我——」

『兄弟。』顧尋突然打斷蔣俊楠。

蔣俊楠：「啊？」

顧尋：『你的生日是下週四吧？』

蔣俊楠突然有點感動，沒想到顧尋居然還記得他的生日。

「啊，怎麼？你要幫我慶生？」

『改簽機票吧，過完生日再回江城。』顧尋涼颼颼地說，『不然我怕你永遠停留在二十一歲。』

蔣俊楠：「……」

掛了蔣俊楠電話，顧尋越想越覺得可笑。

他忽然起身，走出自己家，站到岳千靈家門口，按響門鈴。

沒人應，他又按了第二次，依然沒有人來開門。

走廊裡陰風陣陣，門鈴聲得不到任何回應。

顧尋忍住把蔣俊楠鞭屍八百次的衝動，再次伸手按門鈴。

突然，手機響了。

是一個陌生來電。

顧尋看了岳千靈的家門一眼，隨即接通電話。

裡面傳來陌生的女聲。

『嗨，你睡了嗎？』

顧尋皺了皺眉，「請問哪位？」

『呃，你不記得我了嗎？就是上週在咖啡廳遇見的呀，當時我們面對面坐。』

顧尋一聽，無名火頓時冒到頭頂。

這個女的他的印象太深刻了。

當時在咖啡廳她搭訕他的時候還算正常，只是要個好友，但顧尋沒給，隨後她笑咪咪地說一定能找到你。

結果第二天晚上，顧尋便收到陌生人的好友申請。

他拒絕後，一通電話直接打了過來。

也是這麼笑咪咪地說『嗨，你睡了嗎？』

顧尋學電腦出身的，太瞭解這女的是透過什麼非法手段找到他的聯絡方式的。

但是當時他不想跟她多說那麼多，直接拉黑了號碼。

沒想到才幾天，她竟然又換了號碼打過來。

他偏著頭，臉映在慘澹的燈光下，冰冷地說：「妳是不是有病？一個女生不知道自尊自愛？纏著我不放有意思？」

他深吸一口氣，壓住心裡怒火，才又接著說道：「下次再打電話來，我也不跟妳廢話，直接報警。」

說完，他俐落地掛了電話。

然而手指還沒離開螢幕，卻察覺到一股視線落在自己身上。

他悠悠轉頭，和站在電梯門口的岳千靈猝不及防雙目相對。

「……」

「……」

他單手插在口袋裡，偏著頭看過來，明亮的燈光將他的輪廓照得十分俐落，怔怔地看著岳千靈，沒有說話。

那一瞬間，顧尋其實是在問自己，是不是上輩子做了什麼傷天害理的事情，否則為什麼全世界都在給他下絆子。

但岳千靈就那麼直直地看著他，毫不掩飾自己的情緒。

她只是下樓丟了個垃圾，結果一出電梯，就撞見這一幕。

彷彿看見了自己被拒絕時，他的表情，也是那麼不耐煩。

心裡翻湧起酸脹的情緒，岳千靈緊抿著唇，努力不去看他，朝自己家門口走，伸手按密碼鎖。

正要打開門，手腕卻突然被人抓住。

岳千靈倏地愣住，一動不也動地看著他的手，心跳莫名漏了一拍。

他掌心的溫度並不高，岳千靈卻感覺像是有火在自己的肌膚上灼燒。

曾經奢望的親密肢體接觸來得有點遲，卻依然有觸電的感覺。

顧尋不覺得他現在的行為有什麼過界的地方，看著岳千靈說道：「我們先聊聊。」

岳千靈點頭，「那你先放手。」

「好。」

顧尋緊盯著她的雙眼，見她的情緒不算特別抵觸，便鬆開了手。

結果下一秒，岳千靈以迅雷不及掩耳之勢躥進家裡，「砰」一下關上門。

緊接著她打開貓眼，露出一隻眼睛，眨了眨，「我們有什麼好聊的，你別忘了，我們只是沒什麼交集的同事關係，以及——」

她想了想措辭，「不太和諧的鄰居關係。」

不太和諧的鄰居關係？

顧尋從來沒有一天之內被氣過這麼多次，甚至神經錯亂到笑了笑。

他看著岳千靈那撲閃撲閃的大眼睛，突然很躁。舌尖抵著腮，連點了好幾下頭，轉身的同時朝岳千靈豎了個大拇指。

「岳千靈，妳可以的。」

顧尋走後，岳千靈轉身背靠著門，長舒了一口氣。

客廳裡沒開燈，只有房間的燈光透出一絲，朦朦朧朧的視線裡，她低頭看自己的手腕一眼。

明明他沒多大力，可肌膚到現在好像還留著他的觸感。

岳千靈也不知道自己在想什麼，伸出另一隻手，賭氣似的拍了拍自己的手腕。

顧尋你是有病嗎。

第二天是週五。

顧尋肉眼可見的低氣壓輻射範圍廣到了測試組，導致大家不好意思偷懶休息，兢兢業業忙碌了一上午，終於能歇一下。

易鴻有些受不了了，敲一下程式碼，突然轉頭對顧尋說：「你要不去休息室待一下？給我們一點喘氣的空間？」

顧尋偏著頭看過來，撩了撩眼，「看不出來我很忙？」

「算我求你行不行？」易鴻雙手合十拜了拜，「外聯部今天剛在休息室裝好《星空的無限戰爭》，你去玩一下？實在不行你去看看風景吧。」

顧尋對商業外聯部搬來的VR遊戲裝置沒什麼興趣，競技性不夠，娛樂性太強，但他確實想去泡杯咖啡緩緩心情。

走到休息室，還沒踏進去，便已經聽到不同於往日的熱鬧。

顧尋往裡面一看，目光倏地定住。

那臺外聯部新搬來的VR遊戲裝置就立在最中間，岳千靈帶著VR眼鏡，正在玩內置的生化危機遊戲。

她沉浸在那個世界裡，絲毫不知周圍有不少人在圍觀，手舞足蹈，一下子蹦蹦跳跳，一下子蹲下來躲避射擊。

一個BOSS朝她衝來時，她尖叫一聲，開始拳打腳踢，那力道，絲毫忘了自己身處虛擬世界中。

忽然有個男人站到顧尋面前，擋住他的視線。

顧尋垂眼不爽地看了看他的背影，然後找了個視野更好的位置。

岳千靈還在繼續和那個BOSS戰鬥，她穿著短袖短褲，小腿纖細卻不失肌肉線條感，骨肉勻停雙腿不停地又踢又踹，沒過多久BOSS便掉頭跑走。

而岳千靈則死纏著它不放，抓起一個僵屍腦袋朝它扔去。

「給我回來！」

隨後她拿起槍，喊道：「來啊！對槍啊！」

結果燈光突然一暗，她看不見BOSS躲到哪裡去了，正找著，突然從腳底竄出來，嚇得她蹲下就是一頓爆錘。

顧尋靠著一旁的柱子，完全挪不開視線。

前幾天他還有一種不真實的感覺，摸不清自己的感受，只靠潛意識驅動他的行為。

而現在，眼前這個活生生的女孩正和自己腦海裡想像的那個形象一幀幀地重合在一起。

顧尋自認是感覺動物，不是視覺動物。

而此刻，他似乎清晰地看見自己的視覺與感覺嚴絲合縫地交融。

他所有感官湧入從未有關的充沛感，像棉絮在胸腔裡快速膨脹，明明輕盈無感，卻又有揮之不去的存在感，撓著他每一個感官細胞。

顧尋盯著岳千靈，不知不覺想起很多以前的事情。

包括她曾經在他面前佯裝淑女的模樣。

那時候覺得有點煩。

現在卻莫名感覺……

他低頭笑了笑。

感覺很可愛。

再抬起頭，遊戲已經結束。

岳千靈停下來，不住喘氣。

別人玩個VR只有手在動，而她是唯一一個拳打腳踢的，因而額頭上出了不少汗。

見她低頭摘眼鏡，顧尋抬頭朝她走去。

然而距離幾步遠時，他突然看見一個男人走過去，站在岳千靈身前，雙手環過她的頭，幫她摘下眼鏡。

「……」

顧尋倏地瞇起眼睛。

岳千靈沒想到自己能玩得這麼累，停下來後，正要摘眼鏡，任天逸突然上前幫忙。

「我來吧。」

放下眼鏡後，任天逸問：「感覺怎麼樣？」

「不錯，很好玩。」

岳千靈看著眼前的設備，由衷讚嘆，「代入感真的太強了。」

任天逸作為商務外聯部的主管，這臺機器是他談回來作為聯合開發的設備，一分錢都沒花。

今天剛調整好，正好遇到岳千靈經過，對這個東西表現出明顯的好奇，任天逸便邀請她第一個嘗試。

也就是說，兩個人是二十分鐘前才認識。

但任天逸的一舉一動卻讓岳千靈感覺像老朋友一般親切。

「主要是 HTC VIVE 的眼鏡也很不錯。」任天逸說著，朝她抬了抬手，「累了吧？要不要試試我泡的咖啡？」

「你還會泡咖啡？」岳千靈跟著他朝一旁的茶水間走去，「公司的咖啡機都沒有人用的。」

「那是妳沒看見我用。」

他正說著，身後突然傳來一道聲音。

「也請我喝一杯？」

岳千靈後背倏地一緊，僵了片刻，緩緩回頭，見顧尋似笑非笑地看著他們。

「顧尋？」任天逸也愣了一下，目光微動，但很快掩飾住不自然的神情，立刻笑著朝他招手，「來啊。」

顧尋轉而看向岳千靈。

視線相撞的一剎那，岳千靈立刻別開臉，假裝什麼都沒看見，朝茶水間走去。

這裡都是雙排兩位的四人方桌。

岳千靈本來想背對窗戶，但顧尋比她先坐在靠窗的位子，昂著下巴看著她，像是有話要說的樣子。

於是岳千靈邁過去的腳步停滯片刻，隨後就在他對面的位子坐了下來。

顧尋原本懶洋洋地靠著椅子，見她坐了下來，便直起背。

正要開口說話時，卻見她不知想到什麼，挪到旁邊的位子，隨後直視前方，彷彿沒看見他似的。

顧尋：「……」

他點點頭，指骨扣著桌面，「昨天晚上——」

一抬眼，卻見任天逸端著幾杯水過來。

「咖啡機好像壞了，可惜可惜，下次再請你們喝我泡的咖啡吧。」

說著，他已經放下水杯，就要在岳千靈旁邊坐下來。

顧尋卻突然起身，「任主管，坐那邊吧，別被曬到。」

任天逸愣怔的片刻，顧尋已經迅速在岳千靈旁邊坐下。

屬於他的氣息近在咫尺，岳千靈的心突然懸了起來，目光卻越發不敢往他那邊看。

而任天逸回過神，低頭看著顧尋，視線交錯的片刻，瞬間明白了一切。

任天逸是什麼樣的人，飯比顧尋多吃了這麼多年，僅僅一個眼神就把他的意思看得明明白白。

「好。」任天逸收回視線，順從地坐到對面去，「對了顧尋，你怎麼有時間來這邊？最近聽說你們的案子卡得很嚴重啊，好像很久沒有進展了，還以為要沒日沒夜加班呢，我都好久沒見過易鴻他們了。」

顧尋抬眼看著他，笑了笑，「是美術卡進度，不是我們開發。」

任天逸：「哦……這樣啊……我聽他們都在說，還以為是你們開發……」

第九事業部的美術進度已經卡住了嗎……

岳千靈一邊聽著任天逸的話，一邊忍不住用餘光瞟了顧尋一眼。

正巧他也看了過來。

果然，岳千靈就知道墨菲定律一定會發生在他身上。

目光相接的時刻，顧尋的聲音突然放低，朝她靠近了些，像在跟她私語一般說道：「昨天晚上打電話給我的那個女生我不認識。」

岳千靈眨了眨眼睛，不明白他在說什麼。

但顧尋的聲音說小也不小，任天逸每一個字都聽得很清楚。

他抬了抬眉，盯著這兩人。

顧尋對他的視線視若無睹，只是專注地看著岳千靈。

「她用非法的手段找到我的聯絡方式，經常騷擾我，我才會那麼說話。」

他的目光太直接，旁若無人一般，岳千靈莫名感覺氣氛有點變質。

怎麼好像在跟她解釋什麼似的。

「你跟我說這個幹什麼。」岳千靈沒抬頭直視他的眼睛，低聲道，「我又不想知道別的女孩子怎麼追你。」

「妳昨晚不是生氣了？」

「我又不是氣這個——」

岳千靈話音未落，突然發現不對勁，立刻住口。

一抬頭，果然見任天逸用一種奇怪的眼神打量著他們。

岳千靈立刻別開頭，目光飄忽地看向另一邊，「這跟我有什麼關係？我們很熟嗎？」

「……」

顧尋無奈地別開頭，卻看見任天逸嘴角勾了勾。

緊接著，任天逸抬起頭，像根本沒聽到剛剛顧尋和岳千靈的對話似的，接著剛才的話題：「既然你們開發不那麼忙，回頭一起去喝一杯啊，上次一起吃飯都是公司員工旅遊的時候了。」

他的話雖然是對顧尋說的，卻不等他回答，又立刻看向岳千靈。

「妳會喝酒嗎？」

岳千靈正要開口，卻聽見顧尋已經搶先一步說道：「她不會。」

岳千靈：？

岳千靈有點氣，但發現任天逸的目光在自己身上，不好明顯露出什麼表情，只好說道：「我會的，從小就會喝，只是不怎麼喝而已。」

這次換顧尋莫名其妙地轉頭看著她。

去年吃飯的時候說自己滴酒不沾的不是妳？

任天逸只直勾勾地看著岳千靈，笑著點頭，「挺好啊，要不然找個時間一起去啊，我會調酒，到時候隨妳點。」

「這麼厲害？」岳千靈很捧他的場，「沒想到你對酒還挺有研究。」

「也是迫於無奈啊。」任天逸擺了擺頭，「其實有時候我挺羨慕顧尋他們這種工作的，只需要跟機器打交道就行了，其實簡單得多，我們跟人打交道的，真的是每天都心力交瘁。」

「……」顧尋抱著雙臂，皮笑肉不笑地看著他。

「所以我剛出來工作時，每天晚上都自己去酒吧小酌幾杯。」他長嘆了一口氣，「久而久之，也就跟半個調酒師一樣了。」

岳千靈聽他描述，感覺那個畫面還挺浪漫的。

正想著，身旁顧尋冷不防開了口。

「是嗎，那挺羨慕任主管的，見多識廣。」他頓了下，才又繼續說，「不像我，忙完了從來沒有心思去泡酒吧，只知道單調地打打球健健身，或者回家看看書。」

任天逸：「……」

原本岳千靈在認真想像任天逸說的那個畫面，結果一聽到顧尋的話，她腦海裡莫名出現一個男人在酒吧裡左擁右抱的畫面。

「嘶——」岳千靈撫了扶額，突然想像不下去了。

於是她喝了兩口水，輕聲道：「其實我不太喜歡去酒吧那種地方。」

顧尋聞言，低頭勾了勾唇，側目看向岳千靈。

還挺聰明。

岳千靈沒察覺到顧尋的目光，只覺得渾身有點熱，額頭也除出了點汗，於是她抬手抵著額頭。

「只有同事聚會的時候會去一下，總是果盤殺手。」

任天逸笑著說：「嗯，也對，像妳這麼陽光可愛的女孩，感覺更喜歡戶外運動吧。」

岳千靈還沒回答，顧尋卻突然起身，坐到任天逸身旁，正對著岳千靈。

他高大挺拔的身影一瞬間擋住岳千靈的視線，同時屬於他的陰影也籠罩下來。

「怎麼了？」任天逸有點莫名，「怎麼坐過來了？」

顧尋漫不經心地說：「那個位子我不喜歡。」

「……」

岳千靈心想，不是你自己剛剛非要坐過來的嗎？

真是反覆無常。

不過也好，至少她不用曬太陽了。

任天逸直接忽略了這個小插曲，把話題又轉回自己身上。

「我以前啊也是這麼想的，不過後來才明白，還是因為太稚嫩，沒有遇到什麼真正的煩惱。」他嘆了口氣，伸手拍顧尋的肩膀，「還真是羨慕你啊，像個小孩子似的每天打打籃球就能快樂。」

顧尋沒什麼表情地看著他，嘴角牽了牽，突然把水杯推到任天逸面前。

「喝點水吧，哥。」

任天逸愣了一下，「嗯？你叫我哥？」

我們也沒這麼熟吧。

「不然呢？叫你叔？」顧尋懶洋洋地拖長了尾音，「不太好吧，畢竟你也才大我十幾歲。」

「什麼？」岳千靈倏地睜大了眼睛，「任主管你都三十多了？」

她還以為他二十五、六呢！

任天逸不自然地收回搭在顧尋肩膀上的手，僵硬地笑了笑，「是不是覺得我看起來挺年輕？」

「是啊，剛剛跟你說話我還以為我們差不多大呢。」

岳千靈忍不住又開始打量任天逸的長相。

他確實長了一張娃娃臉，很白淨，戴個新潮的框架眼鏡，穿著馬卡龍色的棉布襯衫，完全不像三十多歲。

任天逸舒坦了點，仰靠在椅子上，悠悠說道：「因為我心態年輕，跟身邊的小朋友們都挺聊得來的。」

「是啊。」顧尋手肘撐桌，手背則撐著太陽穴，一副悠閒懶散的模樣，盯著任天逸，「上次員工旅遊的時候，哥跟我們講了很多他過去的事情，好多東西都沒聽說過，感覺不像同一個時代，挺新奇的。」

「現在可以繼續講講嗎？」

顧尋就那麼懶洋洋地看著任天逸，聽起來彷彿是真的想聽他閒聊。

什麼叫他媽不是同一個時代的

任天逸臉上的笑有點掛不住，抿了抿唇，說道：「下次有機會吧。」

岳千靈聽著顧尋和任天逸一來一往的對話，感覺有點奇怪，但她又說不出具體的點。

而且有顧尋在，她無論如何都做不到真正的放鬆。

這才坐了多久，她感覺自己的神經已經很緊張了，於是想了想，便說道：「那下次有空再聊，我先回去了。」

她剛要起身，任天逸又叫住她。

「我們加個好友吧，下次有新遊戲告訴妳。」

原本慵懶坐著的顧尋背脊突然一直，倏地抬頭看著岳千靈。

岳千靈笑著回頭，「好呀。」

說著，她還真的拿出了手機。

沒多久前還說跟他不熟，轉頭就加了任天逸好友。

顧尋兀自點了點頭。

很好。

兩人很快加了好友。

岳千靈朝任天逸揮揮手，隨後轉頭朝電梯間走去。

茶水間突然安靜了許多。

任天逸也沒走，慢悠悠地擺弄手機。

他先是點進岳千靈動態看了看，發現沒什麼內容後，才撇著嘴退出來，開始改備註。

但是第一個字，他就卡住了。

顧尋偏著頭，涼涼地說：「她姓岳，記得住嗎？」

任天逸「噢」了一聲，打上「岳千靈」三個字，按了儲存，才轉頭看向顧尋。

他依然笑咪咪地：「唉，最近工作太忙了，記性不太好。」

顧尋起身掉頭就走，懶得再跟他多說。

都是同事，如果一開始任天逸不說那些讓人聽起來不舒服的話，他也不想在這跟他浪費時間。

可是他實在看不慣任天逸和岳千靈接觸。

一個多月前的員工旅遊，他曾聽見任天逸對公司裡另一個女生說過同樣的話。

連那「陽光可愛」形容詞都不變。

也不知道岳千靈怎麼能對這種人笑咪咪的。

岳千靈離開後並沒有直接回手遊事業部。

她剛到走廊便遇上了衛翰。

「妳考慮好了嗎？」

衛翰手裡抱著一堆東西，歪頭看著她。

四周人來人往，岳千靈躊躇片刻，才說：「衛老師，我怕我幫不上什麼忙。」

她覺得自己年紀小，沒什麼經驗，她固然希望進入更好的領域，但3A遊戲對她來說跨度還是太大了，自認能力也還不夠。

衛翰一眼看出她的猶豫，擺了擺頭，說道：「別擔心，我們其實就是桎梏在困境太久了，需要一點新鮮血液和想法，妳有空的時候來跟我們一起頭腦風暴，跟哥哥姐姐們一起琢磨琢磨細節，不是挺有意思的嗎？」

原來是去當調味品的呀。

衛翰要是早這麼說，岳千靈就不會躊躇到現在了。

聞言，她立刻笑著點頭：「沒問題！」

「那下週一妳來找我，我們一起想想？」

「好的。」

說完，岳千靈往電梯走去，嘴角始終掛著淺淺的笑。

這或許是自畢業以來，唯一讓她高興的事情。

等電梯的時候，她小聲哼著歌，拿出手機約印雪晚上一起吃飯。

心情終於像撥開了一層薄霧，連此刻的灼灼烈日都覺得無比溫柔。

然而盛夏的天氣變得比翻書還快。

分明幾個小時前還晴空朗朗，這時卻暴雨傾盆。

下班的時候，岳千靈走到公司樓下，便被封門的雨堵了路。

她其實帶了傘，距離地鐵站也不遠。

但她今天穿著新球鞋，不想讓自己的鞋子遭這一趟殃。

顧尋原本還沒忙完，此刻下樓只是去吃點東西。

然而他一走出電梯，便看見岳千靈躊躇的背影。

她拿著一把藍色的傘，另一隻手伸出去接了接雨。

收回手後，好像更猶豫了。

這樣的風馳雨驟，讓顧尋又想起她告白的那一天。

凝神片刻後，他返回電梯，按下地下一樓。

幾分鐘後。

岳千靈見雨沒有一點要變小的趨勢，只好決定搭車離開。

她剛拿出手機，便聽到有人叫她。

雨聲太大，模糊了那人的聲音，讓岳千靈感覺有些不真切。

直到她抬起頭，看見一輛熟悉的車停在她面前。

顧尋降下車窗，偏頭看著她，「雨這麼大，我送妳？」

隔著雨幕，岳千靈看不清他的表情，卻還是愣了片刻。

其實她知道，這個時候換成另外一個女生，顧尋也會這麼做。

對他而言只是一個舉手之勞。

只是如果習慣了這樣的事情，她或許又會讓自己畫地為牢。

於是她張口，正要說「不」，顧尋卻搶先開口。

「快點過來，這裡不能停車。」

岳千靈垂下眼，輕輕呼了口氣。

雖然那天她告訴自己裝作若無其事，可是真的很難做到。

她真的很怕自己又忍不住淪陷。

就在這時，另一輛車也停到後面，並按了兩聲喇叭。

下一秒，任天逸的聲音傳了出來。

「岳千靈？快快，上車上車，我送妳！」

任天逸的出現非常及時。

岳千靈心裡那一點點的微妙糾結瞬間煙消雲散，立刻點頭道：「謝謝了。」

於是，她在顧尋的注視中，朝後走去，坐上了任天逸的車。

聽到不輕不重的關門聲，顧尋的臉色比天還陰沉。

而任天逸已經俐落地打了轉彎燈，繞開顧尋，將車開了出去。

「住哪？」任天逸問。

他問這話的時候，車正和顧尋的車到了並排的位置。

坐在副駕駛的岳千靈餘光一瞥，正好看見顧尋青黑的臉色。

他氣什麼氣。

岳千靈皺了皺眉，輕聲說道：「我先不回家，去萬達廣場，順路嗎？不順路的話我在地鐵站下車就行。」

任天逸點頭：「肯定順路的。」

這天晚上，顧尋沒有留在公司，而是將工作內容帶回家。

三個小時，他坐在桌前，解決了易鴻拜託他的所有 bug。

這時沒事做了，他盯著螢幕看了一陣子，突然闔上電腦，起身朝岳千靈家走去。

按了幾次門鈴，一直沒人應，連走動的聲響都沒有。

於是他又下樓，去倒垃圾的地方看一眼，依然沒人。

回到樓上，顧尋沒進家門，而是在樓梯徘徊。

他憋了很久，還是忍不住拿出手機傳訊息給岳千靈。

菜也犯法嗎 sir：『在？』

過了好一陣子，對面才回訊息。

愛吃辣椒的香菜精：『？』

菜也犯法嗎 sir：『上線。』

愛吃辣椒的香菜精：『不來，今晚沒空。』

今晚？

沒空？

顧尋掉頭回了家，重重地關上門。

但打字的時候，還是小心翼翼的。

菜也犯法嗎 sir：『在加班？』

愛吃辣椒的香菜精：『不是啊，吃飯呢，等一下要看電影。』

顧尋：「……」

可以。

他今天那麼多話算是白說了，她竟然還是被任天逸哄得團團轉。

菜也犯法嗎 sir：『早點回家吧。』

菜也犯法嗎 sir：『今晚江城還有一場暴雨。』

愛吃辣椒的香菜精：『嘿，你今天還會關心人。』

愛吃辣椒的香菜精：『不過無所謂，反正明天週末，今晚不一定要回家啊。』

顧尋：？

他突然感覺太陽穴青筋一股股跳動，一口氣直接倒湧到喉嚨口。

他回了房間，打算睡了。

可沒多久，又走出來，坐在最靠近門口的沙發上，手裡拿了本書，安靜地看著。

每當他沉靜下來，神情特別專注，幾乎把「心無旁鶩」四個字寫在臉上。

可是每當樓梯間裡有腳步聲響起，他又特別靈敏，放下書就起身去開門。

但每一次經過的都不是岳千靈。

大概開了五、六次門，顧尋已經感覺到自己多少有點毛病了。

他又看了一次時間。

十一點。

很好。

他呼了口氣，走向陽臺。

本想吹吹風，結果隨意地往下一瞥，卻看見岳千靈一邊講著電話，一邊蹦蹦跳跳地走過來。

看起來真的很開心。

顧尋的臉色越發沉，凝視著她的身影，直到她進了大樓消失在視線裡，他才轉身。

然而推開門，顧尋突然想到什麼，彎腰拎起地上的半袋垃圾。

走到電梯前，果然見岳千靈上來了。

四目相對的那一刻，岳千靈嘴角的笑意還沒來得及收斂。

顧尋看著她嘴角那淺淺的笑容，氣不打一處來。

「這麼晚回來——」越是不爽，他的語氣便越是慢悠悠，「這麼好玩嗎？」

安靜的走廊將顧尋的存在感放大了十倍，燈光下，他眉眼的輪廓越發深邃，幽幽看著岳千靈的時候，真的很容易讓人看入迷。

片刻後，岳千靈別開臉，朝家門走去。

「還可以吧。」

顧尋沒說什麼，直接進了電梯。

只是擦肩而過的那一剎那，岳千靈感覺四周涼颼颼的。

她抬手的動作停滯片刻，才按開了密碼鎖。

換鞋的時候，印雪的訊息還在源源不斷地進來。

印雪：『媽的我他媽從來沒看過這麼爛的電影，真的，我剛剛跟方清清瘋狂推薦。』

印雪：『不能只有我們辣眼睛，無語。』

印雪：『真的，怎麼會有爛到這麼好笑的電影啊？』

印雪：『糞金龜撬開導演的腦子怕都要為之一振！』

岳千靈又回想起今天看的電影內容，確實越想越好笑。

她穿著拖鞋，朝臥室走去。

剛回完印雪的訊息，又收到另一個人傳來的網址。

校草：『網址分享：《盤點海王的十大特徵，女孩們擦亮眼睛，都看清楚了！》』

岳千靈皺了皺眉。

這什麼鬼東西。

岳千靈害怕這個網址有什麼病毒，不敢點進去。

糯米小麻花：『？』

過了一陣子。

校草：『這個寫得挺有意思。』

糯米小麻花：『我看你才挺有意思。』

校草：『？』

不知道是不是今天回來太晚，岳千靈突然覺得有點睏。

她打了個哈欠，沒再回他訊息，簡單洗了個澡，隨後躺上床。

沒多久，印雪又傳訊息給她。

印雪：『要睡了嗎？』

糯米小麻花：『嗯，怎麼了？』

印雪：『沒什麼，就是問問妳。』

印雪：『還好吧？』

岳千靈翻了個身，躊躇片刻，才打字。

糯米小麻花：『還好啦。』

其實今天晚上，她覺得自己已經平復好了心情，才告訴印雪她被顧尋拒絕的事情。

可真的再次說出口，她發現自己的情緒還是很難控制。

雖然沒有哭出來，但鼻尖始終酸酸的。

印雪一開始也不敢相信，好一陣子才接受這個事實。

安慰岳千靈，發現自己詞窮後，她就把原本買的文藝片電影改成了喜劇片。

直到親眼看見岳千靈被電影氣笑，她才算放了點心。

這時和印雪聊了兩句，岳千靈沒什麼別的想說，睏意襲來，不知不覺睡著了。

但她這一覺並沒有睡到天明。

一個多小時後，她被一陣手機震動聲吵醒。

睜開眼睛時，窗外正下著淅淅瀝瀝的雨。

她感覺後背發熱，可是冷氣又沒關。

意識也有點不清晰，總覺得渾身沒什麼力氣。

她半瞇著眼睛，撈起手機，見是小麥在群組裡說話。

小麥：『大家睡了嗎？今天是週末，我覺得可以一戰！』

岳千靈本來想說可以，但是伸手摸了摸額頭，終於發現不對勁。好像有點低燒。

她再抬眼看冷氣時，無奈地嘆了口氣。

以前她媽媽老是提醒她不要開冷氣睡覺，容易著涼。她總是不記得，被吹感冒一次又一次。

到現在人都這麼大了，還犯這個錯。

糯米小麻花：『我不來，沒力氣。』

校草：『？』

校草：『怎麼沒力氣了？』

糯米小麻花：『感冒了啊。』

校草：『淋雨了？』

糯米小麻花：『不是，被冷氣吹的。』

糯米小麻花：『不說了，我找外送買點藥。』

校草：『等外送不得等一個小時？』

糯米小麻花：『我又沒什麼辦法。』

傳完這句，岳千靈頭疼得厲害，沒再回訊息，直接切到外送軟體，選了兩種感冒藥。

下單後，看了看送達時間。

因為外面正下著雨，又是深夜，預計還真的要一個小時。

岳千靈渾身難受得很，腦子也不太清醒，於是設了個鬧鐘，關掉冷氣後繼續睡覺。

這一覺睡的迷迷糊糊，似睡非睡，不知過了多久，突然被門鈴聲吵醒。

外送到了？

她昏昏沉沉地坐起來，看了時間一眼，發現才過去二十分鐘。

窗外大雨還在繼續，外送居然這麼快？

她批了件外衣，拿著手機往外走去。

走到門口要開門了，卻突然想到社區外送是不能送上樓的。

那誰會半夜一、兩點來敲門？

岳千靈突然很害怕，她握著門把，屏住呼吸，小心翼翼地墊腳往貓眼看去。

——顧尋？

岳千靈愣了好一陣子，才開口道：「這麼晚了有什麼事？」

狹小的視野裡，她只看見顧尋眉頭蹙得有點緊。

「有吹風機嗎？」

岳千靈：「啊？」

顧尋的聲音隔著門，不甚清晰地傳了過來，「我的吹風機壞了，能借我用一下嗎？」

岳千靈有點沒反應過來，猶豫片刻，才輕聲道：「哦，你等一下。」

她轉身朝浴室走去。

就說當鄰居不好，隔三差五地在她眼前晃，真的很難把這個人徹底從腦海裡摘除出去。

她翻出吹風機，打開門，遞了出去，並說道：「我要睡了，明天再還吧，或者你直接掛在我的門把上也行。」

顧尋伸手的動作忽的一滯，片刻後才接過。

「好。」

交接吹風機的剎那，岳千靈感覺顧尋的呼吸聲有點重。

她抬了抬眼，發現顧尋的頭髮果然是濕的。

髮梢浸著水，垂在額前，竟然顯得他的鋒利的眉眼有幾分溫和。

視線下移，看見他的衣服肩膀和前襟處竟然也是濕的。

洗個頭居然能把衣服弄濕成這樣，三歲小孩嗎？

正想著，岳千靈突然聽見顧尋說道：「岳千靈，妳是不是病了？」

她眨了眨眼，抬頭望著顧尋，「怎麼？」

顧尋看著她因為發燒而通紅的臉，不輕不重地說：「我家裡備有常用藥，妳過來拿點吧。」

深夜的走廊安靜得落可辨針。

也不知道是不是因為顧尋此刻有點像一隻濕漉漉的小狗，岳千靈有點狠不下心逼自己說拒絕的話，於是移開視線，看了手機一眼。

外送員竟然還在四公里之外的藥店一動也不動。

她盯著手機沒說話，顧尋也沒走。

片刻後，才啞啞地說：「哦，好的。」

她關上門，跟著顧尋朝他家走去。

走在他身後，岳千靈又忍不住看了他的頭髮一眼。

這麼短，站陽臺上兩分鐘就吹定型了，還借什麼吹風。

大晚上的也不嫌麻煩。

心裡嘀咕的瞬間，她已經跨進了顧尋家。

這是第一次進他家，岳千靈不知為何，莫名很緊張。

彷彿走進什麼專屬領地，她心裡一直提醒著自己不要四處打量，不要對他有任何好奇。

於是她像個機器人一樣跟著他走到客廳。

可是視線所及之處，卻還是不受控制地印進她的腦海裡。

嗯，跟她想像中的一樣乾淨整潔。

只是有點沒人氣，什麼多餘的傢俱都沒有，不知道的還以為這裡沒人住呢。

「妳看妳要需要什麼，拿吧。」

岳千靈倏地回神，一抬頭，見櫃子上放了一大袋的藥。

和他家裡整潔的風格不同，這些藥並沒有擺放好，全堆在袋子裡，似乎還沒來得及收拾。

不過想想也是，他才搬來多久，一般人都是一切安置妥當了才買藥在家裡備著。

不過這些藥的種類也太齊全了，像是把藥店裡所有感冒藥一掃而空。

岳千靈沒怎麼挑，拿了最外面的兩盒藥。

「多少錢啊？我把錢給你。」

顧尋的聲音落在她頭頂。

「不用。」

可是她正要開口，顧尋已經往廚房走去。

岳千靈看他果斷的背影，知道他一個男人肯定不想跟她提這點小錢。

可是岳千靈向來不喜歡白拿別人東西，即便不值錢。

更何況此刻站在她面前的是顧尋。

於是她伸手翻了翻袋子。

如果藥買回來還沒來得及整理，那發票應該還在。

她往裡掏了掏，果然找到了發票。

本想對照著找藥的價格時，她卻注意到買藥的時間。

淩晨一點二十七。

是今天。

今天？

岳千靈以為自己發燒眼花看錯了，又看了一遍。

沒錯，就是今天。

現在是淩晨一點四十九，也就是說，這藥是他二十多分鐘前買的。

雖然只是小事，但岳千靈卻覺得特別奇怪。

無法忽視的奇怪。

他怎麼大半夜出去買藥？

還是買感冒藥？

她想得出神，直到聽到不輕不重地腳步聲才回神。

一抬頭，發現顧尋正端著一杯水朝她走來。

岳千靈心底莫名一慌，將發票捏在手心。

「我剛剛發現保溫瓶裡還剩有熱水。」他將杯子遞到岳千靈面前，「妳要不要吃了藥再回去？」

岳千靈抬頭看著顧尋，明亮的燈光下，他頭髮上的水漬格外清晰。

心裡突然冒出一些不對勁的猜想，岳千靈倏地一退，茫然地說：「不用了，我回家吃。」

說完，她轉身就走。

顧尋的手僵在半空，看著她匆匆離去的背影，忽然嘆了口氣。

回到家裡，岳千靈完全忘了吃藥。

她裹著衣服坐在沙發上，腦子裡亂亂的，無數想法在胡亂碰撞。

明明是剛買的藥，顧尋為什麼要說是家裡常備藥？

他為什麼要這麼晚了出去買藥？

他自己看起來又沒有生病。

而且怎麼就這麼巧，他半夜還來敲她的門，沒想到這麼晚了她已經睡了嗎？

難道是專門為她去買藥？

可是，他又怎麼知道她生病了？

岳千靈越想越覺得荒謬，加上發燒，腦子裡嗡嗡作響，更難理清思緒。

這時，手機又開始震動。

她垂眸，看著沙發上的手機。

想法突然更加荒謬。

駱駝：『這麼晚了玩個屁，我才聚完餐回家。』

駱駝：『@糯米小麻花，妳吃了藥早點睡，這天氣就是容易熱傷風。』

岳千靈連指尖也開始發熱，輕顫著，將聊天記錄拉到上面。

畫面停留在她說自己感冒了那一段。

她只在這裡說過。

她沒跟其他人說。

腦子裡那荒謬的想法，突然變得有幾分真實度了。

卻又讓她根本不敢相信。

這一晚，岳千靈望著天花板，遲遲不肯閉眼。

直到藥效起來，她實在抵不住睏意，才昏昏沉沉地睡了過去。

這一覺睡到了下午兩點。

窗外陽光已經曬到了床邊，她睜著眼，意識好一陣子才回籠。

冷氣病來得快去得也快，吃過藥睡一晚，果然什麼事都沒有了，除了肚子有點餓。

岳千靈起身離開房間，經過客廳時，又看見擺在桌上的那兩盒藥，和被她揉得皺巴巴的發票。

困擾了她一個晚上的謎題又一次捲土重來。

岳千靈愣怔在原地，鬼使神差地看著大門。

彷彿視線能透過那道牆，看見對面住的那個人。

過一陣子，岳千靈突然甩了甩頭。

不可能。

這怎麼可能。

這絕對不可能。

她拿起藥，放進不透明的櫃子裡。

然而這一個下午，岳千靈做大掃除的時候依然有些魂不守舍。

即便告訴自己一萬遍不可能，但還是會一萬零一次去懷疑。

直到六點半，黃婕打了個電話給她。

『千靈，妳在哪呢？』

黃婕的聲音把岳千靈拉回現實，她起身走到陽臺，吹著風，說道：「家裡，怎麼了？」

『妳還在家裡？』黃婕的音調突然拔高，『妳忘了今天是我生日？』

岳千靈：？？？

她突然撓了撓頭。

真的忘了！

「沒有沒有！」岳千靈連忙解釋道，「我在家裡有點事，我這就出發了！」

『快來！遲到自罰三杯！』

岳千靈沒空再想其他的，連忙拿起早就準備好的禮物，匆匆出了門。

只是等電梯時，她還是忍不住回頭看向顧尋的家門。

這……

根！本！不！可！能！吧！

黃婕早在一個月前就開始吆喝自己的生日。

她性格好，人緣佳，朋友加上同事整整坐了兩大桌。

一群人吃飯吃到九點，黃婕又帶大家去她訂好的KTV包廂。

岳千靈不是不合群的人，大家一起唱歌喝酒玩遊戲，倒也沒心思想那些事情。

只是到了十點多，很多人都睏了，沒說要走，就窩在沙發上玩手機。

這時，突然有人推開包廂的門。

岳千靈看過去，是任天逸和黃婕請的一個同事一起走了進來

正在唱歌的黃婕突然停下，轉頭看過去。

「任主管？」

任天逸先是看了坐在最旁邊的岳千靈一眼，隨後才向黃婕走去。

「我今晚也在這裡呢，剛剛在外面碰到王恩，聽說妳過生日，所以特地過來敬妳一杯酒。」

黃婕連忙放下麥克風，躬身拿起酒瓶倒了兩杯。

「客氣了客氣，任主管過來玩就好了，敬什麼酒呀。」

黃婕今晚喝得有點多，大刺刺地把酒杯塞給任天逸，自己則仰頭乾

任天逸又跟她聊了一陣子，才轉頭朝沙發走去。

正好原本坐在岳千靈身旁的人去點歌了，任天逸便順勢坐了下來。

岳千靈側身朝他笑了笑，「任主管，晚上好。」

「妳別一口一個主管的叫著，顯得我好像很官僚作風似的，又不是多大的長官。」

任天逸揉了揉脖子，漫不經心地說，「妳叫我天逸哥就行。」

岳千靈雖然點了點頭，卻沒出聲。

她垂下眼睛，看著手機，又有點出神。

沒過多久，黃婕突然站到凳子上，舉起手機說道：「我們合個照唄！」

這種時刻，自然沒人拒絕。

岳千靈朝鏡頭的方向撇過身去，比了個剪刀手。

緊接著，她感覺任天逸也朝她靠了過來。

雖然是很正常的合照姿勢，岳千靈卻感覺有點不自然。

她皺了皺眉，黃婕恰好就在這個時候按下快門。

合照環節結束，大家又開始唱歌。

岳千靈則低下頭，指尖摩挲著手機，思緒開始渙散。

沒過多久，岳千靈滑了滑動態，見黃婕已經上傳了合照。

雖然燈光不好，但是黃婕開了夜拍功能，照片裡每一個人的面孔都很清晰。

可能是喝了一點酒，岳千靈心裡開始蕩起一股試探衝動。

她想了想，將黃婕的合照儲存下來，自己也上傳了動態。

之後，她便靜靜地看著手機。

一分鐘……

兩分鐘……

五分鐘……

第二十分鐘過去了，什麼動靜都沒有。

岳千靈鬆了口氣，心想自己果然是想多了。

她渾身的緊張感驟然散去，肩膀也鬆了下來。

下一秒，手機突然震動了一下。

岳千靈的心再一次懸到嗓子眼。

她緩緩滑開螢幕，看見彈出的那則訊息，心神一蕩。

校草：『上線嗎？』

岳千靈發現自己的指尖竟然有些發抖。

以至於，她一個字打錯好幾次。

糯米小麻花：『不來，在外面玩。』

校草：『這麼晚了，還在外面？』

糯米小麻花：『嗯，喝酒ㄌ。』

糯米小麻花：『喝醉ㄌ，頭疼死了』

校草：『妳在哪裡喝酒？』

糯米小麻花：『不知道，叫什麼taibei金。』

對面沒再回訊息。

而岳千靈看著這個聊天畫面，久久不能回神。

時間突然變得很慢。

包廂裡吵鬧的聲音逐漸遠離。

一首歌的時間也被掰成了一分一秒。

岳千靈陷入一股從未有過的迷茫中，甚至有點不知道自己身處何處。

她怔怔地看著手機，直到螢幕黑了，也沒有移開視線。

不知道過了多久，包廂裡的人已經陸陸續續走了許多。

黃婕唱完最後一首歌，拿起包，說道：「我們回家吧！」

四周的人都起了身，岳千靈也隨著大家起身。

而她緊緊攥著手機，思緒依然不能回籠。

甚至在走出包廂的時候，她還下意識四處看。

「找什麼呢？」任天逸突然說，「還有朋友沒出來？」

「沒，我只是看看。」

離開KTV，大家都在門口等車。

夜晚的風迎面吹來，岳千靈突然清醒了。

這怎麼可能呢。

她肯定是想多了。

世上哪有這麼巧的事情。

她深吸一口氣，邁腿下臺階。

然而不知道是哪個醉鬼摔了一瓶酒在這裡，岳千靈沒注意到，踩著玻璃渣腳底一滑，整個人朝側方倒去。

還好任天逸及時扶住她。

人雖然沒摔倒，但腳踝還是結結實實的扭了一下。

一股劇烈的刺痛感突然襲來，岳千靈「嘶」了一聲，立刻蹲了下來。

「妳沒事吧？」任天逸連忙拉住她的手臂，「扭到腳了？還能走嗎？」

「沒事。」

岳千靈掙開任天逸的手，揉了揉自己的腳踝。

雖然扭到的那一瞬間很痛，但情況不是很嚴重，那一陣緩過來後便只剩輕微的痠疼感。

岳千靈站起來時，黃婕已經招手攔到了計程車，她拉開車門，回頭道：「我跟室友先走了！你們到家了也跟我說一聲啊！」

「嗯。」岳千靈朝她揮手，「生日快樂！」

黃婕拋了個飛吻，隨後關上車門。

計程車一開動，任天逸便說：「妳還能走嗎？我的車就在那邊，代駕馬上過來了，我送妳吧？」

「沒事，我攔個計程車就好。」

岳千靈動了動腳踝，發現徹底沒事了，便朝路邊走去。

而任天逸卻伸手拉住她，「妳這樣不行啊，讓妳自己搭車我不放心，我送妳吧。」

岳千靈此刻心裡有點躁，只想一個人靜一靜，於是有點不耐煩地抽出自己的手。

「真的不用，我家離這裡不遠。」

「妳客氣什麼呢？」任天逸又去拉她，「大家都是同事，順路送一程是應該的。」

感覺到他已經拉住了自己的手，岳千靈很不舒服。

她正想發火，突然，手腕上傳來另一個人的溫度。

緊接著，她被拽著脫離了任天逸的糾纏。

「任主管，你適可而止吧。」

聽到熟悉的聲音，岳千靈渾身像觸了電似的，四周的空氣被抽乾，連耳邊的聲音也變得忽近忽遠，只有沒有來處的嗡嗡聲充斥著整個大腦。

她緩緩抬起頭。

顧尋就站在她身旁，緊緊抓著她的手腕，正凜目看著任天逸。

他的力道很大，岳千靈卻沒感覺到疼。

所有感官細胞都在這一刻集中到眼睛。

她一直怔怔地盯著顧尋的側臉。

與此同時，黃婕還沒走的一個朋友回過頭，看到這一幕，覺得有些奇怪。

「你們幹什麼呢？」

任天逸覺得僵持下去有些丟臉，於是退了一步，笑著說：「既然有人來接妳，那我就放心了，先走了。」

見他轉身，顧尋緊抿的唇終於鬆開。

他回過頭來，眉眼間的淩厲被揉進了風氣消失不見。

「喝多了？」

岳千靈只是盯著他，不說話。

街道的霓虹燈映在他的臉上，顯得有些不真實。

晚風一陣陣地拂過，傳遞著顧尋身上的沐浴乳香味。

他似乎來得有點急，喘著氣，胸口並不平靜。

而屬於他的溫度，也持續不斷地從岳千靈手腕傳來。

這一切又是真的。

岳千靈突然感覺呼吸有點不順暢。

她張了張口，卻不知道怎麼說。

顧尋只當她是喝傻了，手上力道一分不減，拽著她往另一邊走去。

「妳是不是有點過於單純？竟然還真的大晚上和他出來喝酒？」

他近在咫尺的聲音，給了岳千靈最後一擊。

她倏地停下腳步。

顧尋見她又不走了，回過頭，問道：「走不動了嗎？」

「你……怎麼來了？」岳千靈終於開了口。

然而不等顧尋回答，她又一字一句，堅定地陳述出一個問句。

「林尋？」

第十四章　林尋

當那兩個字落下時，岳千靈從未如此專注地看過一個人的雙眼。

她想大口喘氣，卻又覺得氧氣稀薄，耳朵裡全是自己聽起來很粗重的喘息聲，唯有心跳在真空般的環境中克制著。

她緊緊盯著他，將一秒掰成了十份，不放過他的每一個神情變化。

下一秒。

流轉的霓虹燈光晃過兩人的臉龐，岳千靈清晰地看著顧尋的眼神凝滯住。

片刻後，他眸光微閃，整張臉的神情以肉眼可見的程度鬆動。

他垂了垂眼，再次看向岳千靈時，目光裡卸下所有情緒，只是專注地凝視她的雙眼。

「嗯，是我。」

？

？？？

真的？？？

岳千靈目光的焦距在一瞬間消失，卻又無意識地重新聚焦在顧尋的臉上。

就像不認識這個人似的，她看了一遍又一遍，還是無法將這兩個人對上。

顧尋？？？

林尋？？？

他們竟然真的是同一個人？？？

這怎麼可能呢？

可的確是這樣。

他親口承認了。

岳千靈從未經歷過這樣的情緒衝擊，感覺氧氣澈底被抽光，就連晚風也凝滯不動。

她雙唇微動，用力地呼吸，心跳聲震耳欲聾。

胸腔裡像山洪傾瀉一般，泥石亂撞，一股氣流直衝腦門。

兩人無聲地對視著。

岳千靈不知道自己此刻是什麼樣的表情，她只感覺胸腔快要炸了，心臟下一秒就能跳出來。

怎麼可能！

怎麼可能是同一個人！

當她回神，發現自己正目不轉睛地盯著顧尋的雙眼，心底突然一緊，第一個反應就是走。

轉身的那一剎那，她用力甩開顧尋的手，拔腿就跑。

卻忘了自己正站在樹邊，轉身往前一衝，「咚」一下，額頭直衝樹幹而去。

當岳千靈反應過來時，已經剎不住車了。

然而想像中的痛感並沒有襲來。

顧尋在她轉身的那一瞬間，立刻伸手墊住她的額頭。

「……」

岳千靈睜眼看著樹幹，而額頭卻緊緊貼著顧尋的溫熱手掌。

更氣了。

這輩子沒這麼氣過！

她猛地退了一步，揮開顧尋的手就朝另一邊走去。

「岳——」

「閉嘴！」

岳千靈的腳步邁得越來越大，像是在發洩什麼，甚至開始小跑。

她腦子裡一團亂麻，澈底失去思考能力，只有肌肉調動著她不停往前走。

不知走了多遠，她終於在紅綠燈處停了下來。

然而胸口的起伏更劇烈，彷彿下一秒就會有什麼要衝出來。

汽車一輛接一輛從眼前飛馳而過，車尾燈閃爍不停，晃得岳千靈眼花。

她不住地調整呼吸，卻仍然無法平復腦子的嗡嗡響聲。

顧尋就是林尋。

而他今天的出現，也證明他知道她是誰。

他什麼都知道！

綠燈亮了，兩旁的行人全都朝斑馬線走去。

岳千靈沒有動，她感覺自己身後那個人也沒有動。

雖然一直沒有回頭看過，但她知道顧尋一直跟在自己身後。

突然，一股氣湧上大腦。

岳千靈像是在發洩似的，抓著兩個巴掌大的鏈條包，轉身就一下又一下地朝顧尋身上毫無規律地打去。

顧尋被岳千靈突如其來的行為驚了一下，但他沒躲，直直地站著，任由她打自己。

女孩的力氣大不到哪去，而且她的手有些發抖，根本沒使什麼力，砸在身上不輕不重。

只是他低下頭，目光定定地看著因為情緒激動而臉頰漲紅的岳千靈，心頭反而像被揪了一下。

路過的行人不住地回頭看他們，有的好奇，有的只是意會地笑了笑。

「哦喲，現在小情侶吵架真是越來越放得開了。」

岳千靈完全沒有注意到路人的目光。

許久，她發現顧尋根本不抵抗她的施暴，就那麼單手插口袋站著，躲都不躲一下。

她頓時感覺自己像拳頭打在棉花上，反而更生氣了。

她一口氣不上不下，喘著氣瞪著他，隨後想拿包最後重重地打他一下。然而她這次力道沒有控制好，包釦的五金鎖直接劃過顧尋的下頷。

刷一下，岳千靈意識到發生什麼，雙手突然僵住。

顧尋這次終於偏了偏頭，伸出手摸一下自己的下頷。

手掌攤開，他看見有淡淡的血跡，眼神微動。

撩了撩眼，他再次低頭凝注著岳千靈。

在他的目光籠罩裡，岳千靈看著他下頷那道赫然的血痕，整個人呆住。

喉嚨癢了癢，想說什麼，卻張不了口。

「打吧。」顧尋平靜地垂下手，看起來沒有生氣，只是沉沉地看著她，「打夠了能不能換一個和妳說話的機會？」

岳千靈緩緩垂下拿著包的手，久久不能回神。

她看著他下頷的傷口，突然很無措。

耳邊的喇叭聲尖銳刺耳，和他低沉又溫柔的聲音形成了鮮明的對比。

她怎麼感覺，他在告罪。

不對，那種感覺，更像是他在哄她。

哄……

這種字眼毫無由來地冒出來，卻使得岳千靈心裡更慌亂。

她心底顫了顫，什麼都沒說，繼續邁腿朝前走。

顧尋突然一把拉住她。

「紅燈！妳不要命了？」

眼前一輛車飛速掠過，岳千靈一驚，人已經被顧尋拽了回去。

此刻的身體接觸讓岳千靈的腦子越來越不清醒，她一直低頭看著顧尋拽著自己的手。

他的十指，他的指骨，他手背上凸起的青筋，都那麼不真實。

岳千靈從來沒有這麼茫然過，不知不覺就被顧尋拉著走到一旁的露天停車場。

直到她站在車門前，才回過神。

下意識又想走，顧尋卻已經打開副駕駛座的車門，把她塞了進去。

「你——」

直到車門被關上，岳千靈也有點累了，沒力氣再掙扎。

這世上怎麼會有這麼離奇的事情？

緊接著，顧尋坐了上來。

車裡的空氣立刻變得更稀薄。

岳千靈胸口的起伏還沒平息，正氣鼓鼓地看著擋風玻璃。

突然，顧尋的氣息湧得很近。

她一回神，發現顧尋的臉近在咫尺。

他俯過身來，拉過安全帶，往她身前一扣。

岳千靈感覺到他的呼吸拂過自己的臉，甚至能清晰地看見他的睫毛。

好像稍微一動，自己的鼻尖就會碰到他的臉。

於是岳千靈整個人僵住，屏住了呼吸。

直到聽見安全帶扣上的聲音，顧尋鬆手，坐了回去。

整個動作只有兩三秒，隨著他氣息的遠離，岳千靈的情緒才恢復了剛剛那般。

她攥著單肩包的鏈條，緊緊抿著唇。

而顧尋靠著椅背，手臂搭在方向盤上，閉了閉眼，隨後才望了過來。

感覺到他要說話，岳千靈立刻先發制人：「不要說話！我現在不想說話！也不想聽見你的聲音！」

行吧。

顧尋妥協地收回了目光。

「看來還是沒換到。」他單手轉著方向盤，目不斜視地看著前方，「要不然妳回去接著打？我家裡還有工具。」

有病。

岳千靈不理他，轉頭看著車窗。

路邊的綠植正飛速後退，燈光變得飄忽不定。

岳千靈的呼吸漸漸平靜下來，腦子也稍微清醒了點。

她不願意開口問顧尋，只想自己想清楚事情的真相。

顧尋是什麼時候知道她的身分的？

順著記憶一點點順藤摸瓜，直到回溯到告白那天。

岳千靈的直覺告訴她，一定就是告白失敗那天。

她清楚地記得自己當時在打遊戲的時候大哭著說了他的名字。

這樣一來，為什麼那天他明明決絕地拒絕了她，沒多久卻對她轉變了態度。

就是因為他發現自己是他關係還挺好的遊戲好友！

所以這些天以來，他其實什麼都知道？

想起自己曾在他面前哭著說失戀了，岳千靈便覺得這段時間在顧尋面前偽裝的若無其事簡直就是笑話。

她的憤怒又捲土重來，突然扭頭，怒目瞪著顧尋，呼吸變得越來越粗重。

顧尋自然感受到她的情緒。

不等岳千靈開口，他便說道：「其實我也是妳……畢業那天才知道。」

果然如此。

岳千靈憤憤地咬牙道：「那你為什麼不說？」

「妳說呢？」

車正好停在紅綠燈前，顧尋側頭看過來，兩人的目光不偏不倚地相接。

「還不是怕妳不理我。」

「……」

他怎麼好像還委屈上了？

這句話說出來，岳千靈卻感覺心裡某一處地方莫名塌了一下。

這種感覺讓她產生一種危機感，於是立刻移開視線，冷哼了聲，「我現在更不想理你。」

這個回答完全在顧尋意料之中。

他緊抿著唇，沉沉地吐了一口氣。

「好。」

這一路兩人果然沒說話。

到了家裡，岳千靈一下車就直奔電梯而去。

顧尋不緊不慢地關了車門，跟上來時，岳千靈還在等電梯。

她直挺挺地站著，頭髮有些淩亂。

從顧尋這個視角，明顯能看見她因為生氣而微嘟的雙唇。

他的喉結動了動，視線移到電梯鏡子上，「那什麼時候能理我？」

岳千靈面無表情地說：「彗星撞地球那一天。」

顧尋對這個回答也毫不意外，「還有保守點的方案嗎？」

「有啊。」岳千靈眼睛都不眨一下，「地球撞彗星那一天。」

「……」

回到家裡。

岳千靈感覺自己這一個晚上像經歷了整個世界的兵荒馬亂，明明沒做什麼劇烈運動，卻累得脫了力。

她大字型躺在床上，怔怔地看著天花板。

突然，身旁的手機震動。

她側頭，盯著手機，眼珠一動也不動。

即便沒看，她仍下意識覺得是顧尋傳來的訊息。
有點好奇他說了什麼，但又不想就這麼理他。
過了好一陣子，她才慢吞吞地伸手撈過手機。
果然是他。
校草：『。』
岳千靈盯著這個標點符號看了好久，實在摸不透他是什麼意思。
糯米小麻花：『？』
校草：『看看妳拉黑我了沒。』
岳千靈：「……」
她突然有些說不上來的心慌，看著兩人的聊天畫面，她忍不住開始往上滑。
想看看自己以前到底說過什麼。
越往上看，她就越心慌。
什麼爺啊爸爸的，她居然說過這麼多騷話？
還好還好。
這些應該不算太尷尬。
然而當她看到幾個月前。

——『你……知道我有喜歡的人吧？』

岳千靈兩眼一翻。

感覺自己澈底沒了。

有的時候，人遇到尷尬的事情，明明羞惱得想鑽地洞，卻又忍不住一遍遍地回想當時的場景。

比如此刻，岳千靈一邊腳趾蜷縮著，一邊控制不住自己的手指，不停地翻她和顧尋的聊天記錄。

她竟然和這人瞎聊了這麼多的嗎？

明明一開始還挺客氣，怎麼後面這麼放飛了呢？

看完了她和顧尋的聊天記錄，她又去翻四個人的群組。

好吧。

有小麥和駱駝在裡面摻和，她更肆無忌憚了。

再回憶回憶她曾經像個癡漢一般跟他說「你的聲音很像我喜歡的人呢……」

明明表個白幾乎花光了她所有的勇氣，沒想到自己實際已經在不知道的情況下表白了幾百遍了。

岳千靈不知道顧尋想起這些是什麼反應。

反正她想提一把刀，要麼殺了顧尋，要麼自殺。

看聊天記錄看到了一點多，岳千靈的腳趾成功摳出了一座迪士尼城堡。

她無望地看了一下天花板，決定去洗個澡冷靜一下。

在KTV待了一個晚上，雖然她只是意思意思喝了三杯啤酒，但身上還是沾了不少菸酒味道。

而且洗澡大概是現代人逃避現實最常用的捷徑，當潺潺熱水從頭上淋下，岳千靈終於感覺舒了一口氣。

後來顧尋又傳了三則訊息給岳千靈，全都石沉大海。

看來是真的不理他了。

夜色如水，對面大樓只有零星幾戶人家還亮著燈。

顧尋回到房間，打開了電腦，想做點事。

但坐了好一陣子，他卻很難靜下心來。

正好這時，駱駝突然打視訊給他。

顧尋正愁找不到人說話，便接了。

『我靠你怎麼接了。』鏡頭那邊，駱駝躺在床上，頂著一頭亂糟糟的頭髮，『我按錯了。』

顧尋：「那掛了。」

『等等！』駱駝的臉突然湊近鏡頭，他瞇了瞇眼，問道，『你的下巴怎麼回事？』

顧尋沒什麼語氣地說：「被人打的。」

『打的？』駱駝立刻坐了起來，身旁的老婆呢喃了兩句，他便掀開被子朝客廳走去，『怎麼回事啊？你怎麼還跟人打架了？』

「打什麼架。」顧尋偏了偏頭，看了窗外的點點星光一眼，「岳千靈打的。」

『岳千靈？聽起來像女生啊，誰啊？』

顧尋沒說話，仰頭閉了閉眼。

駱駝愣了片刻，低聲說道：『小……』

「是她。」

『不是，她打你幹什麼？她不是喜歡你嗎？你對人家做了什麼？』

安靜的客廳裡，冷氣的風聲壓不住顧尋沉重的呼吸聲。

分明仍還算涼爽的夏夜，他卻止不住煩躁，三言兩語把今天發生的事情說了出來。

駱駝聽得一愣一愣的，不知道自己該笑，還是該為兄弟感到著急。

『不要擔心，我跟你說，打你是好事啊！有沒有聽過打是情罵是愛？』

顧尋：「那你來挨一挨？」

『唉我的意思是，女孩子都嘴硬心軟的，她肯定還沒放下你。』

「她像是嘴硬心軟嗎？」顧尋煩悶地扯了扯領口，「你沒看見她對我的態度，能少說一個字就絕不多開一次口。」

他甚至想過，岳千靈一定是對他失望透頂了，反而能坦坦蕩蕩地繼續住在這裡，像陌生人一般。

否則他站在岳千靈的角度，想不到她還能以什麼理由留在這裡，總不能是因為押金太貴。

鏡頭那邊，駱駝的老婆在吼他了。

於是他急匆匆地往房間走，掛斷視訊前，他說：『這你就不懂了，烈女怕纏郎！我不信她說不喜歡就不喜歡了！』

電腦上的視訊斷了，桌上的手機又響。

顧尋撩了撩眼，一邊想著駱駝說的那句話，一邊起身拿起手機。

瑩然一燈下，他眉梢突然一抬。

愛吃辣椒的香菜精：『你把我的吹風機吞了？』

愛吃辣椒的香菜精：『趕緊還給我！』

菜也犯法嗎 sir：『我送過去給妳。』

愛吃辣椒的香菜精：『不用，你掛在門把上，我自己拿。』

是真的連看都不想看他一眼啊。

顧尋偏了偏頭，正想站起來，下頷的傷口卻突然被牽動，輕微地刺痛再次襲來。

他忍不住抬手摸了摸傷口。

下手真狠啊。

又想起岳千靈曾說過，他在她心裡除了臉一無是處。

可是他現在連臉都不想要了。

岳千靈是洗完澡出來才想起自己的吹風機還在顧尋那裡。

她頂著一頭濕髮在屋子裡踱了十幾圈，煩不勝煩。

都怪自己手賤，忍不住去翻完所有聊天記錄，那些對話就像烙印一般刻在她腦海裡。

現在要她和顧尋面對面，簡直和上刀山下火海沒什麼區別。

可不要吹風機，這麼長的頭髮等它自然風乾，今晚也不必睡了。

糾結了許久，岳千靈終於想出一個勉強兩全的方法。

等顧尋把吹風機掛在門把上，她再偷偷出去拿，豈不是可以避免尷尬了。

於是她拿出視死如歸的架勢，傳了訊息給他。

還好他還沒睡。

在客廳裡坐了五分鐘，岳千靈想著顧尋已經辦妥了一切，於是走到門前。

出去之前，她偷偷摸摸地墊腳看貓眼。

呼……

走廊安安靜靜的，他應該已經掛好了。

於是岳千靈小心翼翼地按下門把。

她感覺自己像做賊似的，伸出一隻手往門外的把手那裡摸。

摸了半天，卻什麼都沒摸到。

吹風機呢？

難道在地上？

岳千靈不得不鬼鬼祟祟地探出一顆頭，看了門把一眼，又看了地上一眼。

什麼都沒有。

這時，對面的門突然開了。

顧尋拿著她的吹風機，赫然出現在她的視線裡。

岳千靈：「……」

一看見顧尋的臉，那些刻在她腦海裡的記錄立刻像子彈一樣飛過。

比如此時，浮現的就是她說過的那句『被我這種長得漂亮又有才華還能陪著一起打遊戲看球賽的女生喜歡，是他三輩子修來的福氣。』

行吧。

伸頭也是一刀，縮頭也是一刀。

只要我不提，就當做沒發生過。

於是岳千靈努力擺出平靜的模樣，朝他伸手。

「怎麼讓你拿個吹風機這麼拖拖拉拉？」

「忘了放在哪。」

顧尋兩三步走過來，把吹風機放到她手上。

岳千靈想立刻關門，卻又聽到他說：「妳家裡有沒有藥膏？」

「嗯？」岳千靈愣了一下，「什麼藥膏？」

顧尋停頓片刻，讓岳千靈清晰地看見他下頜的傷痕。

「妳說呢？」

岳千靈看了一眼立刻收回視線，心裡有點過意不去。

雖然她當時是被氣憤沖昏頭腦，失去理智。

但不管怎麼說，動手打人始終是不對的，而且她還把人打破相了。

疤痕膏她家裡倒是常備著，因為她自己是個容易留疤的體質。特別是夏天她招蚊子，被叮上幾個包，要是不處理，可能要捂一個冬天才會消失。

可是顧尋一個男人，有必要這麼精緻嗎？

「不是，多大一點傷啊，要不要我幫你縫兩針？」

「縫針倒是不必了。」顧尋的拇指碰了碰自己傷口，「嘶」了一聲，「只是我是容易留疤痕的體質，不處理一下會留疤。」

岳千靈有點不相信。

「你還懂疤痕體質？」

顧尋一眼望過來，見她面露疑惑，突然撩起衣服下擺，露出精瘦的腰腹。

岳千靈一口氣直接倒衝上腦門，瞪大雙眼。

不是，這人說話就說話，怎麼還開始撩衣服？

可他近距離站在她面前，她一抬眼，入目的便是他的腹肌，她還特別不爭氣地覺得真性感啊媽的。

「你有病嗎？」

岳千靈的臉頰以肉眼可見的速度爬上兩抹紅暈，立刻別開臉，「你撈衣服幹什麼？」

「我讓妳看我身上的疤痕。」他另一隻手往腰間指了指，「高三那年被一根鐵絲刮的，到現在還有疤。」

聽見他的話，岳千靈斜著眼睛偷偷看看那道疤。

她一點點地轉過頭，往他腰上一看，疤痕倒是沒發現，注意力又落到他的人魚線上。

岳千靈呆在原地，連自己直勾勾的視線也忘了隱藏。

「看到了嗎？」

「看到了看到了！」

看到個屁。

岳千靈根本沒去注意他身上有什麼疤，只覺得自己脖子以上全紅透了，再次別開臉。

顧尋慢條斯理地放下衣服，低頭看著她，「妳也說過，我這人沒什麼優點，就只有一張好看的臉。」

「……」

岳千靈的拳頭突然握緊，頭皮一陣發麻。

不提還好，他一提，那些說過的羞恥的話又在岳千靈腦子裡飛速跳動。

「我要是破了相，唯一的優點都沒了，以後找不到老婆，妳負責？」

「怕什麼，你不是說過你也有可能喜歡漂亮的男人嗎，性別不要卡太死，多個選擇多條路。」

「……」

「……」

話音一落，兩個人都愣住了。

緊接著，顧尋長長地「哦」了一聲，了然道：「原來妳當時說的是我啊。」

空氣裡彌漫著尷尬，讓岳千靈想搧自己嘴巴。

為什麼要提起！為什麼！

她憋紅了臉，什麼都沒說，直接轉身朝屋內走。

顧尋看著她的背影，笑了笑，靠在門框處，不動聲色地打量她的家。

明明是一樣的格局，給人的感覺卻完全不一樣。

同樣收拾得很整潔，她家裡卻有人氣多了，像是已經在這裡住了好些年一般，堆了不少小零食。

甚至沙發上還有一些布偶娃娃。

竟然還挺有少女心的。

沒多久，岳千靈從房間裡出來，顧尋便收回他打量的視線。

「拿去。」岳千靈遞給他一小管藥膏，「你這傷口，最多用一週就沒痕跡了。」

「行。」

顧尋沒立刻接過藥膏，目光落在她濕漉漉的頭髮上。

視線下移，她的髮梢搭在前襟，將睡衣氤濕了一圈。

不知是不是因為剛洗過澡，她連鎖骨處的肌膚都透著淡淡的紅暈。

在岳千靈發現他的視線之前，顧尋收回目光，接過她手裡的藥膏。

同時，他說道：「沒第二條路。」

岳千靈：「嗯？」

他垂眼，鼻尖縈繞著岳千靈身上的洗髮精香味。

「我只喜歡女人。」

回到家裡，顧尋拿著那一小管藥膏看了又看，稍微放了點心。

不管怎麼說，她至少還願意理他兩句，沒有想像中那麼決絕。

他伸長了腿，放鬆地搭在茶几上，偏著頭擠了點藥膏出來。

突然想到什麼，他又拿出手機，點開岳千靈的對話欄，打了一行字。

『這個藥膏怎麼用？擦的頻率？』

想了想，他又加了一句。

『保證不留疤嗎？』

打完，他滿意地點了傳送鍵。

卻收到一個紅色驚嘆號。

第十五章　哥哥

這天晚上，岳千靈在床上翻來覆去沒睡著。

本來她都快調整好心態了，結果顧尋來這麼一齣，竟讓她想起了更多不堪的回憶。

比如。

——「我換工作當然是為了追他啊，不然呢？還能是為了夢想？」

又比如。

——「唉，不當我男朋友長那麼帥幹什麼！真是的。」

一想到這些她極力在顧尋面前隱藏的羞恥話全都一個字不落地被他親耳聽到，岳千靈便想找個洞把自己埋進去。

以至於第二天早上，她頭暈腦脹地醒來，決定在家裡自閉一天。

連外送都不想點，怕一出門又跟顧尋迎面撞上，提醒他想起自己曾經犯過的那些花癡。

她簡單在家裡煮了一些冷凍的食物解決了一日三餐。

其他時候則是裹著一條小被子窩在電腦前打遊戲，聯手機都沒看一眼。

到了晚上，因為接了她媽媽的電話，才不得不看了手機。

中午小麥在群組裡叫嚷著打遊戲，@她幾次，見她沒有動靜，這場遊戲最終沒有組成。

可惜躲得過初一，躲不過十五。

到了週一，岳千靈不得不出門工作。

她七點半就起床了，簡單地收拾一下，火速離開這個是非之地。

到公司時，一樓大廳的保全才剛上班，電梯裡也沒什麼人。

一路走到自己的座位都沒遇到什麼熟人，岳千靈總算鬆了口氣。

不過遊戲公司常年有人通宵加班，辦公區永遠有人坐著，岳千靈的出現也不算太突兀。

她放下東西，在座位上趴了一下，被一個人拍了拍肩膀。

「妳今天怎麼這麼早來？」

岳千靈抬頭，黃婕站在她面前，手裡端著兩杯咖啡。

「鄰居裝潢，睡不著，就早點過來了。」

「誰家大清早就裝潢啊？這可以檢舉了！」

岳千靈有氣無力地點了點，黃婕便把其中一杯咖啡遞給她。

「謝謝啊。」

岳千靈只當是黃婕買給她的，接過就喝了一口。

黃婕：「剛剛在樓下遇到顧尋，他請我喝咖啡，說順便也帶一杯給妳，喏，妳喜歡的冰美式。」

咖啡剛入口，冰涼的味覺刺激著口腔，並且在同一時間得知是顧尋買的，岳千靈突然嗆住，彎腰猛咳了起來。

「怎麼了？」黃婕連忙幫她拍背，想到什麼，突然揶揄地笑，「至於驚訝成這樣嗎？」

順過氣後，岳千靈用紙巾擦著嘴，低聲道：「沒有，我生理期要來了，不能喝冰的。」

黃婕了然：「哦，那妳快去喝點熱的。」

但那麼大一杯咖啡擺在岳千靈桌上，餘光總是瞥見，陰魂不散地提醒著岳千靈她想忘記的事情。

手邊正好有一支麥克筆，岳千靈轉頭盯著咖啡看了幾秒，拿起筆，在上面畫了個栩栩如生的大烏龜。

一個上午過去，岳千靈沒再動過那杯咖啡。

大家起身出去吃飯了，因為天氣太熱，岳千靈不想動，便點了個外賣。

接到外賣電話時，她的目光再次注意到那杯咖啡。

裡面的冰塊已經融化，液體顏色變成不均勻的淺咖啡色，已經分層，還有些許沉澱物。

完全不能喝了。

岳千靈想了想，將它拿起來，朝外面走去。

直到站在電梯前，岳千靈四處看了看，發現背後居然就有一個垃圾桶。

於是她又轉身，走到垃圾桶前，盯著杯上的大烏龜出了一下神。

隨後搖了搖腦袋，將咖啡丟了進去。

「砰」一聲，砸出一道悶響。

但她的準心不是太好，咖啡砸到垃圾桶邊緣時濺出幾滴，直接飛到岳千靈衣服上。

她煩悶地「嘖」了一聲，拿出紙巾擦了擦衣服。

不耐地把紙巾揉成團再次扔進垃圾桶後，岳千靈一轉身，倏地和顧尋四目相對。

電梯門不知道是什麼時候打開的，由於沒有人進去，此刻正在闔上。

裡面站滿了人，沒有空位，而顧尋就站在最前面。

他看著岳千靈，兩人的目光遙遙相對，在空氣裡激蕩出輕微的漣漪。

然而岳千靈還沒反應過來，顧尋的視線便移到她身後的垃圾桶上。

沉默兩秒後，他緊抿著唇，在目光黯淡得太明顯之際收回視線，垂下了眼，不再看她。

電梯門徐徐闔上，他也逐漸消失在岳千靈的視野裡。

不知為何，顧尋剛剛那個眼神竟讓岳千靈感覺到一陣恍惚，心臟和喉嚨莫名哽了一下。

她在原地站著，沒有再上前。

直到下一趟電梯停在這裡，有人走了出來，岳千靈才如夢初醒一般連忙走進去。

整個下午在埋頭工作中過去。

六點半一到，岳千靈是唯一一個高效率完成工作任務的人。

她收拾好東西，禮貌性地跟尹琴打了聲招呼，然後準備離開。

黃婕突然叫住她，「妳等我一下吧，我馬上做完了，晚上一起吃飯？」

岳千靈看了看時間，俯身在她耳邊說：「我要去樓上。」

「樓上？」黃婕想了一下，忽然明瞭，「妳去第九事業部啊？」

岳千靈點點頭。

上週五她和衛翰約定好之後，也把這個事情告訴了黃婕。

當時黃婕覺得她替自己找麻煩，白白犧牲休息時間。

但見岳千靈一臉雀躍，她也沒說什麼。

岳千靈拿上東西離開後，尹琴敲了敲滑鼠，似閒聊一般問：「她去第九事業部啊？幹什麼呢？」

「沒幹什麼呀。」黃婕拿筆撓了撓額頭，並不想跟尹琴和盤托出，隨口道，「找朋友玩唄。」

尹琴喃喃地「哦」了一聲，「她的人脈還挺廣的嘛。」

第九事業部沒有硬性規定上下班時間，平日裡很多人幾乎是住在公司。

不過這個時間點大多數的人都去吃飯了，岳千靈一路走到衛翰的辦公室，途中並沒有遇到顧尋。

衛翰正在吃便當，見岳千靈來了，讓她稍微等了一下，隨後狼吞虎嚥地吃完飯，一邊用手機通知開會，一邊帶著她往會議室走去。

兩人坐下沒多久，原畫師、3D建模師以及策劃們陸陸續續進來了。

有的人岳千靈沒見過，有的略微眼熟，大家簡單地打了個招呼後，衛翰指著一個年輕男人，問道：「阿正，你先來嗎？」

宿正是第九事業部的遊戲策劃，他聞言，打開投影儀，開始發言。

西格莉德的原畫進度依然停滯不前，大家已經在這個BOSS上嘗試了無數條路，最後沒有得到滿意的成功，這些曾經的方向反而成了迷宮，讓大家都在這樣的想法中走不出去。

而這些迷宮，在初次到來的岳千靈面前是不存在的。

她只知道西格莉德最初的人物設定，思考也由此出發。

雖然很多想法不成熟，但卻像是帶著大家回到了幾個月前，剛剛開始設計西格莉德的時候。

他們時不時糾正一下岳千靈對西格莉德理解不合適的地方，在這個過程中，順便也找到了他們最初的想法。

那些曾經走過的彎路對他們的思考禁錮在回歸初心的過程中漸漸變淡，一群人聊到最後，像是進行一場大腦清理。

雖然空白了一大片，卻又感覺有無限可能。

衛翰長嘆了一口氣，這就是他急需一個合適的新人加入的原因。

四個小時下來，衛翰說得口乾舌燥，卻不感覺累。

直到見天色已經不早了，才關上電腦，說道：「大家先回去休息吧。」

想了想，又說：「千靈，妳有什麼想法也可以直接跟阿正聊。」

岳千靈聞言，朝宿正笑著說：「好的，宿策劃。」

她上一次像這樣真正感受到遊戲設計的樂趣，還是在校園招募的時候，跟一群人進行無主管小組討論。

「別這麼客氣。」宿正揮揮手，「叫我阿正就可以了。」

會議到此結束，離開時，策劃宿正和岳千靈並肩朝電梯走去。

剛剛的會議上，他和岳千靈兩人很多想法都一拍即合，初次見面卻像多年老搭檔一樣，離開的時候，他還滔滔不絕地繼續著剛才的話題。

「其實我之前也提出過嘗試克蘇魯風格，但是我們畫了太多次西格莉德了，不管怎麼設計，總跳脫不開舊想法——」

他說到一半，突然停下，朝身旁的人打了個招呼。

「顧尋，現在才走啊？」

岳千靈聞言，神經下意識繃緊了些。

顧尋不知什麼時候站在他們旁邊的，無聲無息，淡淡地看著電梯門，像是沒注意到他們一般。

「下樓買杯咖啡。」

宿正對他們開發的工作時間見怪不怪，也沒多問。

而岳千靈聽到「咖啡」兩個字，又想起中午扔掉的那杯咖啡，以及顧尋那……似乎有點委屈的眼神。

她低頭，看見衣服上那片被咖啡弄髒的小污點，嘀咕道：「大晚上喝咖啡，還睡不睡了。」

沒想到隔著一個宿正，顧尋還是把她的話一字不落地聽了進去。

還是關心他的。

也沒那麼絕情。

顧尋幾不可查地笑了笑，平視著電梯，說道：「咖啡對我沒有提神作用。」

岳千靈挑了挑眉，側頭看他，「那你……」

顧尋也看了過來，視線越過宿正，落在她眼裡，「只是喜歡而已。」

岳千靈對上他直勾勾地目光，總覺得他話裡有話。

可又品不出什麼意思。

正好電梯門開了，她立刻別開臉，頭一個跨進去。

短暫的電梯下降時間，宿正也沒放過，和岳千靈聊了兩句，直到停留在一樓。

只有岳千靈和顧尋走了出去，而宿正要去地下室開車。

走了兩步，岳千靈突然停下，轉身喊道：「阿正！」

並排的顧尋腳步也跟著一頓。

阿……正？

阿正？

他側頭看向岳千靈，而她根本沒有注意到他的視線，兩三步走回電梯，拿出手機對宿正說：「我們加個好友，我等一下要是有什麼想法可以傳訊息隨時跟你聊。」

聽到「好友」兩個字，顧尋想到自己還躺在黑名單裡，耳朵頓時就像扎了一根刺。

然而他的目光盯得再緊，岳千靈也沒注意到，跟宿正互相加了好友後，一邊改著備註，一邊從他身邊走過，頭也不回。

買了咖啡回到HC互娛大樓，顧尋耳朵裡還在迴響「阿正」兩個字。

就在他們關係最好的時候，岳千靈也沒這麼親熱的叫過他吧？

和宿正才認識多久？

顧尋越想越覺得可笑。

半個小時後，手機震動幾下。

已經放假的小麥成天無所事事，晚上不睡白天不醒，這個時候又在群組裡問有沒有人打遊戲。

駱駝：『我不來，我明天要上班。』

駱駝：『你問問她@糯米小麻花。』

小麥：『她應該也很忙吧，一整天都沒說話了。』

她不是忙。

顧尋無奈地想，她只是不想跟他們說話而已。

然而沒多久。

小麥：『小麻花又跟別人雙排了QAQ。』

顧尋的目光倏然一緊，像是有什麼感應似的，立刻打開遊戲。

左邊好友欄裡，岳千靈果然顯示在遊戲中。

而宿正，恰好也在遊戲中。

第六感告訴顧尋，這兩人在雙排。

可他卻不信邪，非要點進去觀戰。

果然如此。

顧尋支起一條腿，背靠在椅子上，偏著頭看著這兩人。

他們已經進入決賽，岳千靈也已經跑進了安全區，而宿正還在跟毒圈賽跑。

沒多久，宿正便因為吃毒過多倒在毒圈裡。

看到這裡，顧尋抬了抬眉，心想岳千靈肯定在語音裡把他罵得狗血淋頭。

然而下一秒，他卻看見岳千靈掉頭，千里迢迢地跑過來扶宿正。

但這圈實在太毒了，剛扶起宿正，岳千靈自己又倒了。

於是宿正又去扶她。

結果一樣，扶起一個，另一個立馬倒下。

「……」

顧尋眼睜睜地看著這兩人像亡命鴛鴦似的坎坎坷坷進了安全區。

跟岳千靈認識這麼久，他什麼時候有過這種待遇？

哪次不是他在毒裡來不及跑了，岳千靈還讓他要死就先把藥丟給她再死。

什麼時候冒著生命危險千里迢迢回來救過他？

算了。

顧尋倏地關了螢幕。

宿正這人在第九事業部有著「遊戲王語嫣」的稱號。

他的工作能力很優秀，對市面上各款遊戲也非常熟悉，談起來簡直如數家珍。

可惜就是菜到不行。

岳千靈的脾氣，最多忍他兩局。

半個小時後，顧尋又拿起手機。

打開遊戲，他不可置信地瞇了瞇眼。

居然還沒退遊戲？

他再次進入觀戰，眼前的場景讓他開始懷疑岳千靈是不是被盜號了。

她，居然把身上的ＡＷＭ，給了宿正？

顧尋自己和岳千靈打遊戲的時候，別說ＡＷＭ，就算是一把Ｍ２４，她哪次不是跟他搶得頭破血流？

現在居然就這麼讓給宿正？

而且她讓給一個高手顧尋還可以當做她想上分。

但讓給這麼一個菜雞。

怎麼，在哄人？

顧尋的觀戰視角聽不到隊內語音，體會不到岳千靈有多絕望。

她只是晚上回來想打遊戲放鬆一下，便一個人上線打算單排。

正好遊戲好友列表裡出現她剛剛加的好友宿正。

宿正也剛上遊戲，看見岳千靈上線，立刻拉了她組隊。

因為顧尋的原因，岳千靈覺得第九事業部的人打遊戲一定都是高手，便同意了。

誰知道他第一局就落地成盒。

岳千靈想，大概是他運氣不好。

第二局落地成盒時，她發現不對勁，去看了看宿正的ＫＤ數據，被那個數字驚得半天說不出話。

誰又能想到，堂堂第九事業部的遊戲策劃，在會議室說起自己的想法，頭頭是道，而真的上手，卻能菜成這樣。

人菜就算了，偏偏癮還特別大。

『扶我起來！我還能再戰！』

這句話岳千靈在兩、三局遊戲裡起碼聽了五、六次，看著自己的的分數大段大段地掉，她突然萌生一種公司快要倒閉的感覺。

宿正人菜就算了，理想還特別大，看不上穩定的五五六子彈槍支，就喜歡用傷害性高的七六二子彈。

又不會壓槍，抖得像帕金森氏症似的，每一局得到的稱號都是人體描邊大師。

但宿正的態度又特別好，當他拖累了岳千靈，立刻態度端正地道歉。

『對不起對不起，我的鍋，我下次不犯了，我下局努力。』

這麼一說，岳千靈反而不好意思噴人。

但道歉有用嗎？

宿正真的菜到令人髮指，夢想還特別大，最菜的手指，要用最猛的槍。到後面，罵又不好罵，岳千靈完全呈躺平姿態，就當是做慈善了。

想要猛男槍？給你。

想要大狙？沒問題。

想要AMW？你拿去玩吧。

好不容易進入決賽圈，岳千靈辛辛苦苦趴在草地裡，蠕動了半天，找到一個絕佳的位置，準備偷襲對面山頭的一隊人。

就在這時，身邊的宿正一槍走火響徹天際。

隨著那聲巨響，岳千靈的心態澈底崩毀。

她感覺自己的電競生涯得到了昇華。

然後從容地從背包裡掏出煙火，點燃。

宿正還特別捧場：「哇！這個新出的特效不錯！我記下來了！」

岳千靈也笑：「哈哈，漂亮吧。」

對面的敵人沒見過這麼猖狂的，開槍吸引他們火力就算了，還生怕定位不了他們的位置似的，燃起了煙火。

提起槍想幹，又怕對面是在釣魚，有埋伏。

於是敵人也警惕地按兵不動，可是又有點心有不甘，於是也放起了煙火。

岳千靈第一次在決賽圈裡和敵人拚著放煙火，便開了麥克風：『對面的大哥，遲來的新年祝福送給您。』

對面也不甘示弱：『客氣客氣，相逢就是有緣，我謹代表我方隊友給您拜個早年了。』

岳千靈終於理解到什麼叫做「比賽第二，友誼第一」。

約定的五局結束，岳千靈感覺自己像經歷了一場心靈的洗滌。

電子競技，不存在的。

下線的時候，宿正還說：『和妳打遊戲很開心，下次還找妳。』

岳千靈像神經病一樣笑了起來：『我從來沒有過這種遊戲經驗，非常感謝你。』

退出遊戲後，岳千靈看著天花板放空大腦。

這個晚上，岳千靈一閉上眼就會想起她垮掉的分數。

她不知道自己什麼時候睡著的，混混沌沌進入夢鄉，又是一場激烈的戰爭。

而這次和她並肩作戰的是顧尋。

兩人的配合比以往任何一次雙排還要默契，一路橫掃千軍，每一局都是冠軍。

每一局結束，岳千靈都在計算自己的得分。

到最後補上她和宿正雙排掉的分後，激動地睜開了雙眼。

看著黑漆漆的房間，岳千靈發了一下呆。

從來沒這麼懷念和顧尋一起打遊戲。

殊不知住在她隔壁的那個男人，在看見她給宿正放煙火時，差點沒把自己炸成一朵煙火。

第二天早上，岳千靈照常出門上班，看見自己門上貼了一張小廣告。

她將紙條摘下來看了兩眼，感覺奇怪，又轉身去看顧尋的門。

他那裡怎麼沒有？

怎麼，打廣告的還差別對待嗎？

岳千靈狐疑地走近了幾步，想看看是不是已經被他撕掉了。

就在這時，面前的門突然開了。

目光撞上的那一刻，岳千靈下意識轉身想走。

剛邁出一步，卻聽到顧尋的聲音。

「我就知道。」

岳千靈：「……」

他大概在想自己走到他家門口一定是別有目的。

岳千靈只好轉身，提著氣，儘量讓自己看起來很坦蕩。

「我的門上被貼了小廣告，只是想看看你家有沒有。」

顧尋：「我不是說這個。」

岳千靈：？

岳千靈不明所以地抬頭看他。

顧尋往前走了一步，反手關上門，「呀噠」一聲，走道的感應燈亮起。

明亮光照下，他臉色的倦容十分明顯，睫毛垂下時，還能看見眼底泛著輕微的紅血絲。

他垂下頭，直直地看著岳千靈，「我就知道，妳現在完全不想理我。」

他的聲音不大，只夠岳千靈一人聽見。低低啞啞的，像靠在她身邊耳語一般。

那不是怕尷尬嗎？

岳千靈轉過身，背對著顧尋，想順順氣，卻發現自己的心情怎麼也整理不好。

兩人成天抬頭不見低頭見的，藏著掖著也不是辦法，索性坦白。

「我有什麼辦法，你什麼都知道，只有我一個人被蒙在鼓裡被你看笑話，我還怎麼面對你？」

「看妳笑話？」

顧尋彷彿聽見什麼不可置信的事情，語氣突然高了些。

但看見岳千靈執拗的背影，他無聲地嘆了口氣，又放柔了聲音，「我就算再不堪，也不至於去看一個女孩子的笑話。」

聞言，岳千靈的手指輕輕地蜷縮，卻沒有出聲。

顧尋又朝她走了一步，靠得很近。

他大概剛洗過澡，還餘留著沐浴乳的香味。

在靜謐的走廊裡，他的聲音格外清晰。

「我從來沒想過這麼巧的事情會發生在我身上，雖然不知道妳是怎麼發現的，但我確實從來沒想過要把妳蒙在鼓裡看妳笑話。」

他說到這裡，停頓了一下。

「我沒談過戀愛，也沒怎麼跟女生接觸過。」

岳千靈聽到這裡，正想說這種事情和談有沒有談過戀愛沒關係，卻又聽他說：「不知道要怎麼做才能讓妳不討厭我。」

他的聲音太溫柔，語氣裡還帶著一絲難以察覺的委屈，讓岳千靈根本分不清他是不是在賣慘，直愣愣地轉頭問他：「你還怕我討厭你？」

「怕。」

「……」

「怕」這個字從顧尋嘴裡說出來，岳千靈突然震了震。

眼前這個人，彷彿不是當初那個冷言拒絕他的顧尋。

而他這樣的態度轉變，加上他特地提到自己沒談過戀愛，岳千靈不得不聯想……

當顧尋還是林尋的時候，她就懷疑過他喜歡她。

只是她無論如何也無法把網路上跟她打遊戲的林尋跟顧尋結合在一起。

但想到那張照片，她下意識順著他的肩膀，看向他的手。

顧尋：「妳看什麼？」

岳千靈：「……」

我總不能說，我懷疑你喜歡我吧？

顧尋會喜歡一個遊戲網友嗎？

可能嗎？

半晌，岳千靈舔了舔嘴角，低聲嘀咕道：「你對遊戲太容易認真了，你應該去路邊貼手機貼膜。」

「……」

看著岳千靈急匆匆跑掉的背影，顧尋煩躁地閉了閉眼。

女人的心思怎麼這麼複雜呢。

路上，岳千靈一直在想這個事情，總覺得世界太過奇妙。

吃早飯的時候，她看著手裡的飯糰，覺得下一秒這個小東西開口說話都算不上什麼奇事。

直到走進公司大樓，她看見忙碌的人群，立即拍了拍腦袋，把那些不重要的事情拋諸腦後。

今天還是和往常一樣的工作，只是午飯時，衛翰突然傳訊息給她，叫她把手頭的事情放一放，下午去樓上找他。

岳千靈本來還猶豫著自己的本職工作，衛翰卻說跟老闆打過招呼了，叫她先去第九事業部幫忙。

於是岳千靈放心地上了樓。

一群人在會議室裡待了整整一個下午，在U形桌上解決晚飯後，大家又繼續頭腦風暴。

看著宿正在投影幕下侃侃而談的樣子，岳千靈覺得這個世界更奇妙了。

實在無法將這個條理清晰的策劃和昨天晚上那個菜雞聯想在一起。

可見，現實和網路，真的有太大的區別了。

夜裡十點，會議終於結束。

岳千靈和宿正一邊聊著，一邊朝外走去。

身邊突然籠上一層熟悉的影子，她還未來得及轉頭看，就見顧尋已經越過她和宿正，闊步朝電梯走去。

看著他的背影，岳千靈又想到早上的事情，悄然地分了一下神，思緒很快被宿正的話拉回正軌。

電梯到了一樓，宿正看了看時間，說道：「要不然我送妳回去？」

岳千靈：「不用麻煩，我們不同方向，不太順路，我坐地鐵就好了。」

宿正也沒多問，「好，那妳注意安全，到了跟我說一聲吧。」

岳千靈點點頭，走出電梯。

坐了兩站地鐵後，岳千靈拎著包慢悠悠地朝家裡走去。

突然，手機裡專屬公司內部通訊程式的聲音響起。

岳千靈以為是什麼工作內容，連忙拿出來看，卻發現是顧尋傳來的。

第九事業部—顧尋：『所以，妳什麼時候把我從小黑屋放出來？』

岳千靈：？

什麼小黑屋？

她低頭打字，按了幾下，忽然感覺到四周有一點異樣。

彷彿有什麼人跟著她似的。

岳千靈眉心跳了跳，收回注意力，想繼續打字。

然而身後的腳步聲好像離她越來越近。

岳千靈突然攥緊手機，回頭看了一眼。

一個穿著黑色短袖的男人正跟在離她兩公尺遠的地方，見她回頭，默不作聲地別開了臉。

在這種深夜，岳千靈第六感作祟，總覺得有些不安全。

再加上早上在家門上發現被貼了小紙條，她開始懷疑是不是自己作為獨居女生被什麼人踩點了。

於是，她加快腳步，朝社區走去。

刷門卡時，她注意一下四周，那個男人果然也跟著她走了進來。

岳千靈不敢百分之百確定這個人有什麼心思，畢竟她才搬來不久，可能人家也是這裡的住戶。

就算是壞人，在這麼多戶人家的社區，他總不能膽子這麼大吧？

雖是這麼想，岳千靈還是不由自主地加快腳步。

進了她住的那棟樓，她把包緊緊攥住，兩三步踏進電梯。

然而就在電梯門快要闔上的時候，一隻粗糙的手突然伸進來擋住了電梯門。

岳千靈嚇得猛退一步。

緊接著，電梯門開，那個黑衣男人走了進來。

陰沉的目光輕輕掃了岳千靈一眼，隨即轉身，看著電梯牆壁。

電梯開始緩緩上升。

岳千靈注意到他沒有按樓層，心下更慌，後背不知不覺出了一陣冷汗。

這幾秒像幾個世紀一般漫長，岳千靈的心跳止不住地加快，想像各種刑事案件，甚至按住了手機的電源鍵，隨時準備報警。

等電梯門一開，她立刻大步邁出去。

當她發現那個男人也跟著她出了電梯後，渾身的神經開始繃緊。

不是吧！

還真的是踩了她的點？

現在怎麼辦！

她看著自己家門，屏住呼吸。

顧尋回來後，見岳千靈還是沒把他放出小黑屋，便煩躁地去洗了個澡。

這時他剛出來，只穿了一件長褲，上半身裸著，頭髮還滴著水，突然聽到門鈴響了起來。

這個時候誰來找他？

顧尋一邊擦著頭髮，一邊朝門口走去。

「誰——」

「我回來啦！」

岳千靈？

顧尋瞇了瞇眼，有點沒反應過來這什麼情況。

她的聲音持續傳來。

「快開門呀。」

「哥哥——」

雖然不知道岳千靈在幹什麼，但「哥哥」都叫了，哪個男人受得住。

顧尋兩步跨過去，直接按下門把。

只是門還沒完全打開，岳千靈便帶著她身上的香味，一股腦擠了進來，不偏不倚地撞進顧尋懷裡。

第十六章　吃醋

顧尋的客廳沒開燈，黑漆漆一片，只有門縫透著走道的一絲燈光。

當岳千靈撞到顧尋身上那一刻，安全感突然襲來，但心跳仍然無法平靜，雙手止不住地顫抖。

她一隻手抓住顧尋的手臂，另一隻手立刻倒勾門把，用力一拉，聽到門關上的聲音時，她終於鬆了一口氣，整個人靠在門上。

但岳千靈還是沒有鬆開抓著顧尋手臂的手，因為後怕，她反而越攥越緊，手心濕汗涔涔。

許久，粗重的喘息終於平復一些，岳千靈再次抬頭，整個人愣住。

顧尋因為被她用力拽過去，此刻一隻手正撐著門，另一隻手還被她抓著，以一種環抱的姿勢垂眸看著她。

岳千靈對上他漆黑的雙眸，一時無言，直到感覺有水滴落在自己額頭上。

她眨了眨眼睛，視線緩緩下移。

「……」

好不容易平復下來的心跳又開始狂跳。

燈光雖然昏暗，但她卻能清晰地看見顧尋的上半身……一絲不掛。

而自己還抓著他的手臂。

岳千靈突然像被燙到一樣猛地鬆手，往下一垂，小指滑過他的側腰。

「……」

像是又被燙了一下，岳千靈的手肘撞到門，發出一聲悶響。

她怔怔地和顧尋對視了好一陣子，完全忘了說話。

直到顧尋抬手，輕輕一按，燈光大亮。

岳千靈下意識垂眼，他赤裸的上半身赫然出現在面前。

耳垂的溫度陡然上升，岳千靈立刻別開臉。

「發生什麼事了？」

岳千靈想張口說話，但視線稍微往他那邊一帶，喉嚨便哽住。

半晌，她才支支吾吾地開口：「你就不能穿件衣服再說話嗎？」

顧尋覺得好笑：「我在自己家裡剛洗完澡妳就叫著哥哥衝了進來，難道妳在家裡隨時衣衫整齊？」

岳千靈自知理虧，低著頭沒有說話。

看見岳千靈紅透的耳朵，顧尋緊緊盯著她，慢慢站直，轉身時才收回視線。

一開始見岳千靈貿然闖進來他還挺詫異，但幾秒的沉默，他感覺到她的恐懼，便沒說什麼，直接去衣櫃裡撈了件短袖。

穿到一半就往外走，出來時，岳千靈正好看見衣擺從胸膛垂下遮住腰腹肌肉的那一瞬間。

不知為何，他穿衣服那一、兩秒的動作總是在岳千靈腦海裡迴旋，以至於他重新站到她面前時，她不知道目光該往哪放，緊張地靠著門。

顧尋的身影重新籠罩過來，不等他開口，岳千靈立馬說：「我回來的時候感覺被人跟蹤了，不敢貿然打開自己家門，所以才叫你哥哥……」

「跟蹤？」

顧尋的注意力全在前半句，他眸光驟然一凜，一把拉開岳千靈，打開了門。

走道裡安安靜靜的，什麼聲音都沒有，也不見人影。

「什麼情況？」

岳千靈深呼吸好幾口，才敢探頭往外看去，見沒有什麼動靜，懸著的一顆心終於稍微放了放。

「我不知道，就是回來的時候有個男人一直跟著我上樓，直到出了電梯。」

她看了對面自己家的門一眼，又嘀咕道：「今天早上我就說那個小廣告不對勁。」

獨居女性被跟蹤且入室作案的新聞屢見不鮮，顧尋並沒覺得岳千靈大驚小怪。

她的警惕性一直挺強的，絕對不是過於敏感。

於是顧尋擰著眉環視一圈，突然拉起岳千靈的手往外走。

「去看看監視器。」

岳千靈還處於膽戰心驚的後怕中，整個人有點楞楞的，就這麼被顧尋拉著走了出去。

進入電梯，顧尋抬頭看著攝影機，問道：「路上他跟妳說過話嗎？」

岳千靈搖頭：「沒有，就是我走快的時候他也走得快，我放慢腳步他也放慢，一直跟在我後面。」

顧尋沒有接話，岳千靈卻感覺他握著自己手腕的力道又大了些。

她那一片肌膚莫名升溫，想抽離，卻又使不上力。

於是便這麼一路被顧尋帶到了保全室，才鬆開手。

夜裡十點多，正門處只有一個保全，聽了他們的來意，立刻打開監視畫面。

四臺桌子大小的機器整齊地擺放在房間裡，保全一邊調監視，一邊說：「每天這麼多人進進出出，我們社區租戶也多，是要小心一點。」

他點了點滑鼠，又回頭對顧尋說：「這麼晚回家，你要是沒什麼事就該去接你女朋友。」

「……」

岳千靈怔了一下，想說什麼，偷偷側頭見顧尋只是凝神看著監視器，便只是暗暗在心裡嘀咕了一句。

保全很快把畫面調了出來。

由於保護隱私，每棟樓只有一樓大門的走道和電梯裡有監視器。

保全從顧尋和岳千靈到這裡的時間開始看畫面，可以看見十分鐘前，確實有一個如岳千靈所說的黑衣男人從十三樓乘坐電梯離開了。

回來的時候岳千靈不敢回頭看，直到此刻，她才注意到這個男人的身材有多高大。

而他低著頭，幾乎看不清他的面容。

即便如此，岳千靈心頭還是猛然一跳。

果然是跟蹤她。

只不過見她敲開了一個年輕男人的門，這才離開。

顧尋看了這一段，一轉頭，發現岳千靈的目光直直地看著螢幕，雙手緊緊攥著衣擺，雙唇有些發白。

保全在一旁嘮嘮叨叨，岳千靈一句話都沒聽進去，滿腦子都在想如果她對面住的不是顧尋。

如果顧尋沒有開門。

在沒有其他熟人的住處，後果不敢設想。

腦海裡不由自主地浮現出那些新聞裡報導過的畫面，在這盛夏的夜裡，岳千靈突然覺得渾身發涼。

直到一隻溫熱的手牽住了她，掌心相接，屬於他的體溫持續不斷地傳來。

岳千靈指尖一顫，心神微動，沒有去看旁邊的人，也沒有抽出手。

保全又調出了岳千靈回來時的畫面。

走進一樓走廊，岳千靈便走得越來越快，而那個男人頭埋得更低，見她進了電梯，三兩步衝過去，和岳千靈有一瞬間的對視。

「妳還記得他的長相嗎？」顧尋問。

那個男人的長相其實挺普通的，扔在人群裡就找不到的那種，而且岳千靈當時緊張得六神無主，哪裡還注意得到他有什麼特點。

岳千靈努力回想半天，只說了幾個沒什麼用的形容詞。

「反正按照監視畫面來看，這個男人確實很可疑。」保全撓了撓下巴，又說，「不過也沒什麼確鑿證據，只能說小妹妹以後自己要多小心點。」

岳千靈沒說話，只是眉心皺了起來，一肚子的委屈全湧到喉嚨口。

她做錯什麼了，憑什麼遇到這種事情要她時時刻刻提心吊膽生活。

「麻煩您把這段畫面調出來傳給我。」

顧尋突然開口道。

保全「嗯」了一聲，又繼續嘮叨：「還好你今天在家，不然這男的真的想做點什麼，你女朋友這麼一個小女生怎麼打得過，說不定不等其他鄰居反應過來人就被拖走了，唉，我們以前老家那邊就發生過這種事情，還是大白天呢，那一拳頭下去，女人什麼掙扎的能力都沒有了。」

「您別說了。」顧尋突然開口打斷他，「先幫我調畫面吧。」

保全這才坐下來開始操作。

在等待的幾分鐘，岳千靈一直沒說話。

因為保全說的話，她又止不住地開始害怕，也想不明白自己為什麼要遭受這無妄之災，難道以後每一天都要活在這種陌生人的陰影下嗎？

數不清的複雜情緒在胸腔裡翻滾，一不注意，雙眼湧上一股熱流。

不想被人看見自己嚇哭了，岳千靈幾乎是立刻就背過身，用手背抹了抹眼睛。

可是眼淚還是不爭氣地流了下來。

她低著頭，連忙從包裡掏出紙巾。

但因為整個人都緊繃著，動作稍顯慌亂，一不小心紙巾掉到地上。

她愣了愣，正要彎腰，紙巾已經先一步被顧尋撿了起來。

他沒走到她面前，只是站在她身後，拆開紙巾，抽出一張，手臂從她身後繞過，擦了擦她的眼睛。

「怕什麼，不是有我在嗎。」

從保全室拿到影片，顧尋帶著岳千靈去了警局。

因為男人沒有實質性的傷害行為，所以警方也只是幫岳千靈備了案，一旦有什麼情況發生，出警速度會快於普通報警。

不過有幾個員警的安慰，回來的路上，岳千靈的情緒平靜了不少，也想通了很多。

這世界上壞人那麼多，難道她以後就不出門了嗎？

有些事情註定無法百分之百避免，那就只能直面它。

只是這種被人盯上的感覺，始終像一層陰影籠罩在她頭上，又像一雙無形的眼睛，不知道在什麼地方凝視著她。

岳千靈沉沉地嘆了一口氣，頭靠著窗，看著外面飛速後退的路樹和霓虹燈。

漸漸的，視線飄忽，重新聚焦時，正看著車窗上倒映的顧尋側臉。

此時車內安靜的氣氛以及窗外稀少的行人都在提醒著岳千靈已經夜深了。

這麼晚，好在還有顧尋陪著她奔波。

岳千靈從未想過有一天她會從顧尋身上汲取到如此真實的安全感。

而不是總在遠處偷偷看他。

恐懼和委屈散去一些後，岳千靈偷偷覷了顧尋好幾眼，見他一直沒說什麼，便悄悄拿出手機，把他從黑名單裡放了出來。

剛做完這一步，顧尋突然出聲：「把妳的手機給我。」

岳千靈嚇了一跳，以為自己的小動作被發現了，立刻抱緊手機。

「怎麼了？」

此時他們停在紅綠燈前。

顧尋無言地側身看了她兩秒，扯了扯嘴角，「妳知道緊急連絡人在哪裡設定嗎？」

岳千靈被問傻了，「什麼緊急連絡人？」

顧尋懶得再說，直接從她手裡拿過手機，低頭弄了一下，才把手機還給她。

「連按三次電源鍵手機就會自動傳定位簡訊給我。」

「哦……」岳千靈接過手機，卻沒再看。

到家後，岳千靈渾身的氣壓依然很低。

她悶悶地說了一聲「謝謝」，然後轉身開門。

剛走進去，顧尋突然拉開門，也走了進來。

岳千靈倏地抓緊了門把，瞪大眼睛看著他，「還有什麼事嗎？」

顧尋一邊打量著她的家，一邊說道：「當然是跟妳回家。」

岳千靈：？

他咂了咂嘴，漫不經心地說：「我們男孩子被人家看光了身體，是娶不到老婆的。」

岳千靈：？？

見岳千靈愣著，顧尋突然笑了起來，越過她，朝客廳陽臺走去。

岳千靈回過神，連忙追過去，「你是不是有——」

話音未落，見顧尋探頭出去看了看窗戶，岳千靈這才止住嘴。

顧尋把她家裡的門窗全都檢查一遍，確定沒有什麼異樣，才退了出來。

他站在門口，逆著燈光，突然伸手撥了撥岳千靈的頭髮。

「早點睡，哥哥回去了。」

「……」

關上門，岳千靈坐在沙發上發了好一陣子呆，感覺自己的腦子像在同時播放兩部影片。

一部是歹徒劫持女人的恐怖動作電影。

一部是顧尋撥開她瀏海那一幕的循環播放。

直到手機鬧鐘響起，提醒她該睡覺了，她才倒在沙發上揉了揉腦袋。

今天晚上發生的事情耗費她太多精神，但這時也沒什麼睡意。

想跟爸媽說一聲，電話播出去，卻又掛斷。

這種事情，好像除了讓爸媽徒增擔憂以外也沒什麼用。

她煩悶地翻了個身，又找到印雪的電話。

打過去時，她果然還沒睡。

岳千靈簡單跟她說了一下今晚發生的事情，只是字裡行間隱去了顧尋的出現。

印雪聽後，嚇得立刻起身去看了看自己的門窗。

『這也太驚悚了，妳要不去網路上買一些防狼噴霧啊，還有警報器什麼的。』

印雪說著說著，突然咳嗽了起來。

「妳病了？」岳千靈問。

『有點感冒，不知道是不是最近的流感。』印雪擤著鼻子，悶聲說道，『最近天氣熱，妳也注意點，別老是吹冷氣，容易熱傷風。』

印雪簡單的一句叮囑，突然把岳千靈的記憶拉回到好幾天前的那個雨夜。

岳千靈望著地面出神，耳邊似乎又出現潺潺雨聲。

時間一分一秒過去，電話裡印雪的聲音飄得很遠，而眼前卻不由自主地浮現那天晚上顧尋敲開她的門時，頭髮和衣服都濕了一片的模樣。

許久，岳千靈突然打斷印雪的嘮嘮叨叨。

「我問妳一件事。」

『啊，妳說。』

「就是如果一個男生知道一個女生病了，冒雨買藥給她，卻騙她說那是他的常備藥，他是什麼意思啊？」

『這能是什麼意思？』印雪篤定地說，『那個男生喜歡你，但他不好意思說。』

雖然岳千靈並非毫無感知，她自己這兩天也偷偷琢磨過顧尋的意思。

但被印雪這個局外人這麼直捷了當地戳穿，岳千靈還是有些茫然。

她清楚地記得告白那天顧尋對她說的每一句話。

說現在不喜歡她，以後也不會喜歡她。

說她根本就不是他喜歡的類型。

想了一陣子，岳千靈迷迷糊糊地穿上拖鞋，進了房間，而手機裡印雪還在不停地傳訊息。

印雪：『所以那個男生是誰？同事嗎？帥嗎？高嗎？』

印雪：『反正我覺得挺好的了！現在這樣的男生不多了，大部分都是油嘴滑舌打打嘴炮，有實質動作的屈指可數！』

印雪：『什麼顧尋不顧尋的，去他媽的，妳還有大片森林呢！』

她垂眼看著印雪傳的內容，不知道該說什麼。

那顧尋現在又算什麼？

男人的心思可真難捉摸啊。

她坐到床邊，揉了揉臉，打開床頭落地燈，正好看見旁邊電腦桌上的鍵盤。

因為搬了家，空間足夠大，岳千靈便讓她爸爸把這個鍵盤寄了過來。

她剛拆了快遞，還沒來得及安裝。

沒有通電，這個鍵盤看起來平平無奇，和她以往用的機械鍵盤差不多。

岳千靈卻盯著它看了好一陣子，似乎明白了一些。

第二天早上，岳千靈醒來時腦袋昏昏沉沉的。

不知道是不是因為昨晚被嚇哭過，所以她睡得格外熟，錯過了第一聲鬧鐘，起床時距離上班只剩四十多分鐘。

她來不及梳妝打扮，簡單地洗臉刷牙塗防曬後便急匆匆地出了門。

走了兩步，她心裡依然有點發毛，於是又轉回去。

墊著腳從上到下檢查一下門，確定上面沒有什麼貼紙也沒有奇怪的印記，她還不放心地扯了門把一下。

所有跡象都表明正常後，她才鬆了口氣。

她不知道昨天晚上的事情會殘留多久的陰影，也不知道那個跟蹤她的男人到底想做什麼，有沒有放棄她這個目標。

一切擔憂都像伴隨著呼吸一般，不知何時才能正常生活。

岳千靈甚至想要不要搬家，換一個環境，或許就能擺脫目前的危險。

可是轉身看到對面那扇門，岳千靈抿了抿唇，剛剛冒出的想法又被一點點壓了回去。

如果搬家，她再遇到昨天的情況，不知道新鄰居會不會開門，還大晚上的陪她去警局。

正想得出神，顧尋的門突然打開。

顧尋睡眼惺忪地跨出一步，看到岳千靈，突然頓住腳步，掀了掀眼皮。

「妳在等我？」

岳千靈一噎，轉身就往電梯走。

「沒有。」

顧尋一關門，走道裡燈光亮起。

他三、兩步追上岳千靈，和她擠進同一趟電梯。

「好吧，我攤牌。」

岳千靈：「什麼？」

「其實是我在等妳。」

嗓子突然癢了一下，岳千靈什麼也沒說，伸手去按電梯樓層。

電梯裡，兩人都沉默著。

當進入窄小的空間，身旁人的存在感就會放大。

感覺到顧尋平穩的呼吸，岳千靈腦海裡卻再次浮現昨晚和那個黑衣男人站在這裡的場景。

也是這樣靜謐的環境，他的呼吸聲在她的頭頂像危險的信號。

像個夢魘一般，整個晚上過去了岳千靈還是後怕。

不自覺地想像一些場景後，她重重地嘆了一口氣。

顧尋聽見她的嘆氣聲，滑手機的動作一頓，抬起頭，側身看她。

「嘆什麼氣？」

「唉，沒什麼。」岳千靈垂眸看著地面，強行讓自己想些別的，於是連忙轉移話題，「你為什麼等我？」

「這還用問？」顧尋將手機放進口袋裡，抱著手臂，理所當然地說，「自從發生了昨晚那種事情，我深刻意識到，妳的安危就是我的安危。」

岳千靈目光微閃，片刻後，她抬頭。

「是嗎？」

「當然。」顧尋偏了偏頭，也沉沉地嘆了口氣，「昨晚是我運氣好，穿了件褲子。下次妳衝進我家的時候我要是什麼都沒穿，怎麼辦？」

岳千靈：「……」

顧尋朝她抬了抬下巴，「妳對我負責嗎？」

「……」

岳千靈突然覺得印雪和她都想多了。

顧尋怎麼可能有不好意思開口的話。

沉默半晌，她還是忍不住問一個很關鍵的問題。

「你在家有裸奔的習慣？」

「雖然說出來很不好意思。」顧尋頓了頓，「但我確實有這個習慣。」

岳千靈：「……」

她深吸一口氣，握緊拳頭，然後又聽見顧尋一本正經地開口。

「從小的習慣，有點難改。希望妳不要因為這種事情看不起我。」

「顧尋。」岳千靈冷冷開口，「你是不是想吃拳頭？」

說完，電梯門開，岳千靈氣衝衝地走了出去。

看著她的背影不再沉重，顧尋笑了笑，快步跟上去。

兩人一起到公司，快要進電梯了，岳千靈突然想起自己還沒吃早飯。

她停下腳步，準備退出去，「我去買點早餐。」

顧尋跟著她一起走出來，「我也沒吃。」

話音剛落，宿正從電梯裡出來。

「巧啊。」

因為是在電梯前，宿正見岳千靈和顧尋一同出現也不意外，自然地跟他們打了個招呼。

岳千靈點點頭，看了宿正一眼，發現他的下巴有淡淡的青黑，便問道：「你熬夜了？」

「也不算吧。」宿正說，「昨天晚上回去睡到一半，突然理順了西格莉德的想法，一看時間才三點半，我連夜起床來了公司。」

他說著說著，發現岳千靈震驚地盯著自己看，於是不好意思地摸了摸下巴。

「太著急了，所以忘了刮鬍子，不過我寫好了策劃案，等一下就傳給妳，還是老樣子，妳那邊忙完了就上樓，我們聊聊美術方案。」

岳千靈還震驚於他三點半起床來公司這件事，茫然地點了點頭。

宿正的目光落在她的臉上，發現她看起來也有些憔悴，想到這幾天確實總把她拖到很晚才回家，於是不好意思地說：「妳這幾天是不是太累了？要不然妳中午抽空過來，晚上還是早點回家，畢竟我們找妳幫忙，不好讓妳總是深更半夜才走。」

顧尋聞言，開口道：「她——」

但話還沒說完，岳千靈突然打斷他，「我不累，昨晚只是喝了點咖啡沒睡好，你放心吧，我下午忙完就來找你，沒關係的。」

話雖這麼說，但宿正還是有點擔心。

「這也不是一天兩天的事情，我剛剛也想了想，我們要對妳的安全負責啊。」

「沒關係。」顧尋突然插嘴，「我晚上可以送她回家。」

宿正抬頭，看向顧尋，躊躇地說：「你們……」

顧尋：「怎麼？」

見宿正面露疑惑，岳千靈解釋說：「我們是鄰居，住同一個社區的。」

「哦，這樣……」宿正點了點頭，「那好，等一下我買了早餐就把策劃案傳給妳，內容有點多，妳看仔細點。」

「好。」

因為和宿正說了幾句話，岳千靈和顧尋沒趕上這一趟電梯。

她盯著電梯門，恍神片刻。

「其實，」顧尋站在她身旁，不緊不慢地開口，「妳可以拒絕的。」

岳千靈知道他是什麼意思。

雖然她幫第九事業部解決西格莉德的原畫設計是有報酬的，但她也有權利拒絕熬夜加班。

「我又不是逞強。」

顧尋抬了抬眉梢，「昨晚哭成那樣，還不是逞強？」

岳千靈想了想，決定還是跟他說一下自己的想法，免得他覺得自己都遭遇了這種危險還要作死。

「我承認我害怕，可是那又怎樣？」她頓了頓，才接著說，「我剛來HC互娛的時候，聽說過一個姐姐，是你們第九事業部的開發，不知道你有沒有聽說過。」

顧尋「嗯？」了一聲。

「我們沒有女開發。」

「是啊，因為她去年九月就離職了。」岳千靈就知道他根本沒有聽說過，垂著腦袋，盯著自己的手指看，低聲道，「我覺得她是被逼的。」

顧尋沒有接話。

「她家裡條件好像不是很好，為了省錢，租的房子在郊外，特別遠。」

「你們不是常常加班嗎，因此她經常趕不上最後一班地鐵，只能搭計程車，但是她住的是城中村，魚龍混雜什麼人都有，有一天晚上被酒鬼半路攔了，還好當時有個燒烤攤的老闆幫了她一把。」

「後來她好像跟同事說了這個事情，大家就叫她不要加班到那麼晚，男同事們可以幫她分擔。」

「那個姐姐挺高興的，每天九點就回去了，結果時間一長……」

岳千靈抬頭，覷了顧尋一眼，見他認真在聽，才又繼續說：「就跟不上節奏了，於是主動提了離職。」

其實岳千靈說得很委婉。

她當時聽到的說法是，作為專案組裡唯一的女開發，那位姐姐的同事們一開始確實想照顧她，但時間一長，又覺得不公平，於是怨聲載道，覺得她拖累了專案進度。

長此以往，她除了自身不好意思，案子上的貢獻確實也追不上別人，這才離職。

但在岳千靈看來，這就是被逼的。

她雖然做不到像宿正那樣大半夜一個人趕來公司，但也不想跟那個姐姐一樣。

因為是女生。

因為漂亮。

因為需要「特殊照顧」。

所以丟掉擺在面前的機會。

「所以我——」

「知道了。」

電梯門在這個時候打開，顧尋不等她說完，拍了拍她的後腦，「妳還不上去，等著遲到扣錢？」

「要遲到了！」

岳千靈被他一提醒，看了看時間，連忙躥進電梯。

而顧尋卻沒有進去。

他站在外面，沉沉地看著岳千靈，直到電梯門緩緩闔上，才轉身朝外面走去。

岳千靈幾乎是一路小跑到的自己座位，坐下來後立馬打開電腦，果然收到宿正傳來的需求檔案。

而另一邊，她所在的手遊專案組主美術也傳來了新的需求檔案。

岳千靈手忙腳亂地把兩邊整理歸檔，仔細對比，發現第九事業部光是西格莉德這個BOSS的角色個性和背景的文字描述，竟然比她所在的手遊專案的所有策劃案還多。

她坐在椅子上，看著這兩份文件，無聲地嘆了一口氣。

累是真的累，她感覺自己腦子裡像壓著引擎，催著她一刻也不能停。

短暫地歇了一下，岳千靈拿出電繪板，先開始做手遊的草圖設計。

幾分鐘後，她感覺肚子叫了兩聲，於是打開抽屜拿了兩個餅乾。

剛啃了一口，電腦上的內部通訊又開始閃動。

岳千靈以為又有新需求，打開一看，卻是顧尋傳來的訊息。

第九事業部—顧尋：『出來，電梯前等妳。』

岳千靈：「……」

看來他還不知道自己已經被放出小黑屋了。

感覺在內部軟體上和顧尋聊天有點奇怪，於是岳千靈拿出手機，傳了訊息給他。

糯米小麻花：『什麼事？』

校草：『？』

校草：『我靠。』

過了一陣子。

校草：『過來拿妳的早餐。』

校草：『再不來，我就要向你們部門圍觀我的人收門票了。』

岳千靈愣了片刻，見四周的人都在埋頭工作，於是輕輕地推開椅子站起來，朝外面走去。

顧尋果然站在她們這一層樓的電梯前，手裡拎著兩個袋子。

只是四周空蕩蕩的，哪有什麼圍觀的人。

此時顧尋也看見她了，有點不耐地說：「吃飯都趕不上熱的？」

岳千靈只好快步朝他走去。

剛站到他面前，身旁的電梯門開了。

易鴻站在裡面，一抬頭看見顧尋，立刻兩步跨了出來。

「我還以為你沒看見我的訊息，還想說自己出去買吃的。」

和宿正大半夜趕來公司不一樣，易鴻整個晚上沒有離開過。

通宵了一晚，好不容易休息一下，他餓得兩眼昏花，一看時間顧尋也該來了，於是傳訊息讓他幫忙帶點早餐。

「你也沒吃嗎？」易鴻餓到頭暈，沒注意顧尋為什麼在手遊事業部這一層，只是看見他手裡那一袋三明治、牛奶、奶黃包還有咖啡，口水都快流出來了，「快給我。」

說著，他伸手去拿。

顧尋嫌棄地抬了抬手，把那一袋豐盛的早餐給了岳千靈。

岳千靈接過後，他才把另一袋給易鴻。

易鴻看了看顧尋遞給他的那份簡陋早餐，又看了岳千靈手裡的東西一眼，視覺和味覺受到衝擊。

他咽了咽口水，很有骨氣地沒有接。

「顧尋，你為什麼偏心？」

岳千靈聞言，睫毛一顫，也抬眼看著顧尋。

顧尋卻只是略顯嫌棄地把東西塞到他手裡。

然後撩了撩眼，非常理直氣壯地看著易鴻。

「你的心臟難道長在正中間？」

岳千靈回到座位上，把袋子裡的三明治、奶黃包、熱牛奶還有咖啡拿了出來。

她撐著下巴，還沒想好先吃什麼，黃婕就在一旁說：「妳買這麼多吃得完嗎？」

是啊。

岳千靈心想，她又不是豬，怎麼吃得完。

盯著這堆東西，她又想到離開前，顧尋說的那句話。

——你的心臟難道長在正中間？

意思就是，我就是偏心怎麼了？

雖然不知道顧尋是不是在跟易鴻打嘴炮，但岳千靈聽到這句話，心裡莫名覺得挺舒服的。

黃婕見她愣著，伸手過來拿了個奶黃包。

「我今天早上都沒吃什麼，分我一個。」

下一秒。

黃婕一口咬下去，奶黃流心瞬間噴出來，漏了她一桌子。

「哎喲我的媽！」

看見黃婕手忙腳亂地拿紙巾擦桌子，岳千靈莫名笑了起來，沒再去想那些亂七八糟的。

而尹琴卻在一旁笑了笑，陰陽怪氣地說：「黃婕，妳也不怕吃了肚子疼啊？」

岳千靈和黃婕同時抬眼，不明所以地看著尹琴。

她卻只是一副高深莫測的神態，什麼都沒說。

岳千靈懶得再理她。

新入職的原畫師分走了一個角色，所以岳千靈最近手頭上的工作並不多，但西格莉德的人設原畫任務隨時壓在她頭上。

以及跟蹤事件的陰影還很重，她雖然不想因此拒絕西格莉德的設計，但也計畫著能早點回家就早點。

於是她今天的工作效率出奇的高，中午隨便吃了點東西也沒睡覺，下午四點便將一張卡面設計提交出去。

而黃婕和尹琴她們才進行到一半。

岳千靈見手頭上沒什麼事了，便拿著工具準備上樓。

「妳要走啦？」黃婕見她起身，連忙問道，「作業交了？」

「提交了。」岳千靈把椅子推進去，低聲說，「等一下主美術要是有什麼事妳跟我說一聲啊。」

黃婕點點頭，讓她放心走。

她剛離開沒兩步，尹琴撐著臉，聲音不大不小地說：「這麼明目張膽地公費談戀愛，不太負責吧？」

岳千靈走得急，沒聽清楚尹琴說了什麼，倒是黃婕扭過頭問道：「妳說什麼？」

尹琴笑了笑，「妳不知道呀？妳今天早上吃的東西，是人家顧尋送來給岳千靈的呢。」

黃婕一愣，手裡的畫筆僵住。

周圍的其他同事也露出八卦的目光看了過來。

「我說當初岳千靈怎麼鐵了心要走，回頭又不走了呢。」尹琴似自言自語般說道，「原來源頭在這呢，想不到她也是個……」

她想了想措辭，躊躇片刻才說：「色令智昏的人。」

「真是看不出來呢。唉只是她想談戀愛就談戀愛吧，倒是有點拖我們後腿呢。」

黃婕還震驚於早上她吃的東西是顧尋買給岳千靈的這件事上，沒注意尹琴後面說了什麼。

好傢伙，暗度陳倉這麼久，她竟然一點也沒看出來。

另一邊。

岳千靈到了第九事業部，在門口遇到衛翰，直接被他帶去美術部門。

遊戲原畫既要為遊戲研發服務，又要為後期的3D模型及特效提供基礎，前幾天岳千靈和大家一起在會議上商討了西格莉德的設計方向，但她終歸是半路加入，對整個遊戲的風格、氣質和氣氛都不太瞭解，為了保證遊戲的統一性，她還要花時間去看完整個專案的資料檔。

為了賦予西格莉德足夠的生命力，又要足夠投入地感受它的內心世界。宿正和藝術指導是兩個非常有情緒感染力的人，一直在大家耳邊渲染情緒，弄得岳千靈一下子想哭一下子想笑，像精神分裂一般。

直到夜裡八點，她才真正開始上手做草圖設計。

然而光是在解剖結構上就讓她眼前一黑。

紙上談兵容易，真正要落到實處，岳千靈發現自己在學校裡學的那點理論知識根本不夠用。

光是要在維持西格莉德美感的同時設計出合理的運動功能和重力反應就足夠她一個頭三個大。

偏偏大家都很忙，她也不好打擾人家工作，只能自己摸索著查閱專業資料。

畫了刪刪了畫，兩個小時過去，岳千靈的圖稿還是一片空白。

宿正不知什麼時候走到她身後，見她頭髮都揉亂了，心知她也著急，便俯身拍了拍她的肩膀。

「先不著急，慢慢來，也不早了，妳要不要先回家？」

岳千靈環顧四周，見大家都還在忙，於是抬頭看著宿正，不好意思地低聲說：「會不會不太好？」

宿正維持著俯身的姿勢，倏然撞進岳千靈的雙眼裡，他愣了片刻，才又笑道，「心急吃不了熱豆腐，慢慢來，妳可以去參考一下其他人的解剖結構，跟他們說一聲就是了，沒什麼。」

岳千靈此時腦子裡資訊量爆炸，聽了宿正的話，只是點了點頭，心裡還是在想西格莉德的重力反應。

這時，宿正察覺到什麼，鬼使神差地往旁邊一轉頭，下巴輕輕擦過岳千靈的頭頂。

往外面一看，他發現顧尋站在外面，隔著一面落地玻璃，正盯著他。

顧尋單手插著口袋，視線在兩人身上掃了一圈，最後還是落在宿正身上，勾起唇角笑了笑。

宿正覺得顧尋那個笑是在讚賞他的工作態度，於是也禮貌地點了點頭，並且還單手比劃了一個「ＯＫ」示意他不用擔心他們的進度。

顧尋嘴角的弧度逐漸變涼，掀了掀眼，轉身就走。

下一秒，岳千靈收到一則訊息。

校草：『還不走？』

校草：『要我順便也護送阿正回家嗎？』

岳千靈：「……」

「回家嗎？」與此同時，宿正的聲音也響起，「這麼晚了，我送妳吧。」

不等岳千靈回答，顧尋的訊息又進來。

校草：『電梯前等妳。』

校草：『快點。』

校草：『我要睏死了。』

岳千靈看了手機一眼，又看了宿正一眼，拿著東西站起來，說道：「不麻煩了，顧尋也要回家，我們正好順路。」

宿正聞言，有些驚訝地抬眼往外面望去，卻沒說什麼。

而岳千靈走出來，經過開發部，發現易鴻他們還在埋頭工作，四周都是此起彼伏的鍵盤聲。

怎麼，顧尋作為主開發，竟然這麼早走？

她帶著一點疑慮，想問問他，卻見他不停地傳訊息催她。

校草：『還沒出來？』

校草：『非要我把轎子抬到妳門口？』

岳千靈抿唇，一路小跑過去，在電梯前碰到顧尋。

他孤零零地站在那裡，冷著一張臉，斜眼睨了岳千靈一眼，語氣也不太好。

「怎麼這麼慢？」

岳千靈腳步一頓。

這個人真的如印雪所說，是喜歡她，且不好意思開口？

那一瞬間，岳千靈感覺她和印雪都想多了。

她覷著顧尋，輕哼了聲，「再催把你的頭打爆。」

電梯門開，顧尋輕聲哂笑，先一步跨了進去。

這是什麼態度。

不想送就不要送，一副大爺的樣子是擺給誰看。

岳千靈跟著走進去後，站在角落裡，悶悶不樂地說：「我看你們也挺忙的，你要是沒空，我可以自己想辦法，總不能一直麻煩你。」

聞言，顧尋淡淡地「哦」了一聲。

「然後換阿正護送妳？」

岳千靈：「……」

她的目光閃了閃，心頭有什麼想法在跳躍。

好像明白顧尋為什麼突然態度這麼差。

憋了一下子，她沒憋住。

就在顧尋以為她默認了的時候，她冷不防問：「你在吃醋？」

「……」

電梯裡突然陷入詭異的沉默。

岳千靈從未感覺過電梯的空氣這麼稀薄。

她剛剛說了什麼？

吃醋？

雖然她和印雪都猜顧尋有點喜歡她。

但他從來沒有自己開過口。

萬一……萬一不是呢？

那現在豈不是很尷尬？

「當我沒說。」岳千靈強撐著鎮定，平靜地說，「你剛剛聽到的都是幻聽。」

說完，電梯正好到了地下一樓，岳千靈快步走了出去。

而顧尋在原地站了幾秒。

隨後，他又抬起了下巴，睨著岳千靈的背影。

我？

吃醋？

怎麼可能。

回去的路上，兩人都沒說什麼話。

快要到家時，顧尋突然接了個電話。

「這週末？沒空。」

「你怎麼這麼閒，明年準備二戰？」

「隨你，你自己玩吧。」

掛了電話，顧尋正好把車停好。

岳千靈解開安全帶下車，兩人一同進入電梯。

原本以為就要這樣一直沉默到回家。

然而在電梯門開的那一刻，顧尋突然開口。

「岳千靈，妳剛剛想多了。」

岳千靈眉心一跳，呼吸陡然收緊。

都說了當她沒說，怎麼又提了起來。

感覺頭皮有點發麻，岳千靈沒說話，連忙跨了出去。

然後聽見顧尋在身後不緊不慢地說：「送妳回來並不算麻煩我，反正我每天也差不多是這個時候回家。」

「……」

半晌，岳千靈「噢」了一聲。

接連幾天，岳千靈都在第九事業部忙到晚上十點多，有一次還拖到十二點才走。

不過她發現顧尋的時間很靈活，沒什麼限制，每天都能如約把她護送到家。

這樣一來，岳千靈心裡那點害怕消退了不少。

這天週末，她難得休息，想到印雪跟她說的獨居女性防身小招數，便出了一趟門。

她買了一些男人的衣服準備掛在陽臺上，不管效果好不好，總歸是幫自己求一份安心。

下午回來的時候，電梯前等了好幾個人。

岳千靈最後一個進去，低頭看著手機，沒過多久，其他人便陸陸續續出去了，到十樓時，剩下她和一個男人。

岳千靈抬頭，看了電梯按鈕一眼。

只剩十三樓還亮著。

那種熟悉的懼怕感又襲來。

她握緊手機，透過電梯壁觀察著身後的男人。

高大，黑衣。

還帶著一頂黑色鴨舌帽。

好像還揹了一個雙肩包。

岳千靈垂了垂眼，豎起耳朵，關注著那個男人的動向。

兩秒後，電梯到了。

她低著頭走出去，同時往後一瞥，那個男人也跟著走了出來。

「……」

這一層只有四戶，分別開在電梯兩側。

從腳步聲判斷，岳千靈感覺他跟著自己走向同一邊。

也就是說，只有她和顧尋住的那一邊。

不是吧，竟然真的還在跟蹤她？

噩夢再次捲土重來，岳千靈心神一凝，立刻連按了三下手機電源鍵。

同時，她朝顧尋家那邊轉去。

而那個男人，也緊緊跟在她身後。

岳千靈整顆心都提了起來，加快腳步跑過去，一邊按門鈴，一邊撥打一一〇。

然而走廊裡訊號不太好，她的電話還沒撥出去，那個男人已經站到她身後。

岳千靈倏地握緊了門把，另一隻手伸進包裡掏防狼噴霧。

同時，她強裝鎮定地說：「你是誰？來我家幹什麼？」

見男人偏了偏頭不說話，只是盯著她看，岳千靈腦子一熱，立刻說道：「我老公馬上回來了，你找他有事？」

「小麻花？」

男人摘下鴨舌帽，震驚地看著她，又呆滯地看了看面前的門，不可置信地發出三連問

「林尋？」

「妳家？」

「老公？」

第十七章　電影

當男人開口的那一瞬間，岳千靈感覺他的聲音特別熟。

並且他說的話裡提到的關鍵字資訊太明顯，很難不猜到他是誰。

只是衝擊來得太突然，岳千靈遲疑了好一陣子，才有些不確定地開口：「小麥？」

「是我啊！」

小麥激動地開口，聲音太大，聲控燈忽然亮起，將他的面容照得清清楚楚。

「……」

岳千靈還處於震驚中，掌心的手機突然震動兩下。

撥出去的那通報警電話接通了。

岳千靈連忙接起來，不停地道歉。

「不好意思不好意思，是我太敏感了，是朋友，我現在沒事。」

「對不起對不起，麻煩您了。」

員警那邊幾番確定岳千靈沒有被威脅，這才掛了電話。

聽完整通電話，小麥更迷惑了。

「妳……這……什麼情況？」

岳千靈腦子到現在還茫然著，不知道怎麼跟小麥解釋。

緊接著，另一通電話打了過來。

岳千靈見來電顯示是顧尋，抿著唇，一言難盡地接起。

『妳現在在哪？報警了嗎？我現在回來。』

岳千靈瞄了小麥一眼，才結結巴巴地說，「沒什麼……是小麥來了。」

顧尋沉默半晌，掛了電話。

短短幾十秒，岳千靈後背的冷汗已經將衣服打濕，黏黏糊糊地貼在背上。

再次抬頭，安靜的走道裡，岳千靈想起自己剛剛那聲「老公」，恐懼褪去，只剩尷尬。

小麥還一臉茫然地看著岳千靈，她咽了咽口水，說道：「我們要不進去再說？」

岳千靈忘了她此刻是站在顧尋家門口，伸手按了按指紋，沒反應。

小麥見狀，走到她旁邊，按開密碼。

岳千靈躊躇片刻，想著把小麥帶到自己家裡好像也挺奇怪的，於是跟著他進了顧尋家。

小麥也是剛到江城，顧尋在公司，沒空理他，便告訴他自己家的密碼，叫他自己先回去待著。

因此小麥走進來，也挺陌生。

他環顧四周，坐在沙發上，滿意地點點頭：「還挺乾淨。」

而岳千靈進來後，放下手裡的東西，拿紙巾擦了擦額頭浸出來的汗，感覺喉嚨乾燥。

想起自己回來的時候買了一瓶冰礦泉水，就在袋子裡。

於是她低頭去翻袋子，「小麥，你喝水嗎？我這裡有礦泉水。」
小麥轉過頭，視線隨著她的手臂下移，看見袋子裡竟然是男裝。
他挑眉，心裡嘖嘖稱嘆。
林尋這傢伙瞞得真緊啊。
「不用不用，我下車的時候剛喝完一瓶水。」
雖然兩人認識很久了，但是初次見面，岳千靈不知道該說什麼，於是擰開瓶蓋喝了一大口水。
還沒咽下去，就見小麥目不轉睛地盯著她，問道：「妳跟林尋同居了？」
「噗——」
一口水噴出來，岳千靈嗆得天昏地暗，彎腰咳了好一陣子才滿臉通紅地抬起頭。
「我們第一次見面，你也不必如此語出驚人。」
順了氣，岳千靈和小麥一起坐到沙發上，把這幾天發生的事情告訴他。
小麥知道岳千靈竟然真的被人跟蹤過，震驚半晌，又看到岳千靈指了指地上的購物袋。
「你沒看我買了一堆男人的衣服嗎？就是打算曬在陽臺上，免得別人看我獨居就起了歹心。所以我剛剛那麼說，只是權宜之計，我們只是……普通鄰居。」
小麥聞言，不知道在想什麼，半晌才「噢」了一聲。

「看來他不行呀。」

聽起來還挺失望。

岳千靈：「什麼？」

「沒什麼。」

小麥摸了摸後腦勺。

他還以為顧尋行動力這麼強，沒幾天都把人拐進家裡住著，還叫上老公了。

思忖的這兩秒，他突然又想到另外一回事。

岳千靈和顧尋是鄰居，現在又認出他，並且沒覺得驚訝。

那麼……

「等一下，所以妳——」

見他欲言又止，岳千靈抬眼，「嗯？」

「妳……都知道了？」

「……」

岳千靈捏緊手中的礦泉水瓶子，皮笑肉不笑地說：「所以你和駱駝也什麼都知道對嗎？」

聽到她的聲音，小麥感覺那股熟悉的大狙殺氣圍繞在他周圍，立刻往沙發角落裡挪了挪，拿抱枕捂住頭。

「我們也是很茫然，不知道要怎麼跟妳說嘛！萬一妳生氣了不來打遊戲了，林尋肯定也不會玩了，那誰帶我飛嘛！」

聞言，岳千靈默了默。

她的重點在小麥的後半句。

她不去打遊戲了，顧尋也不會玩手遊了。

她覷了小麥一眼，想問什麼，但感覺有點不好意思，於是閉上了嘴。

客廳裡突然沉默下來。

岳千靈徐徐收回目光，盯著自己的膝蓋，也不知道在想什麼。

而小麥斜眼覷了她幾次，想問什麼，但覺得自己的立場好像不方便開口，於是偷偷摸摸地拿出手機。

本來想傳訊息給駱駝，想了想，又切到有顧尋的那個三人小群組裡。

小麥：『我靠我靠我見到小麻花了！』

小麥：『她沒說謊，真的是美女！』

小麥：『而且我剛剛過來的時候，她居然說林尋是她老公！』

駱駝：『？？？』

小麥：『唉不過她跟我解釋了，是個誤會，以為我是壞人才那麼說。』

駱駝：『？』

小麥：『她說跟林尋只是普通鄰居。』

小麥：『唉，林尋你真不行，都什麼時候了人家還只把你當普通鄰居。』

駱駝：『廢物。』

小麥：『廢物。』

此時顧尋正在回家的路上。

他本來想回兩句話，但看見小麥後面的話，捏了捏手機，什麼都沒說，只是加快了腳步。

岳千靈看小麥一直在玩手機，兩人是初次見面，剛剛又經歷一場誤會，她不知道要聊什麼，便拿著東西準備回去。

小麥也沒攔著，等她走後，他又在顧尋家裡轉一圈，然後去洗了個澡。

剛出來，便見顧尋已經站在客廳。

因為過年沒有回家，小麥和他上一次見面已經是去年暑假，算起來也有一年了。

於是，小麥熱情地走過去，準備跟他來個兄弟間的擁抱。

顧尋卻伸手一擋，把他抵在一臂之外，張望四周，一丁點目光都沒有落在他身上。

「岳千靈呢？」

小麥：「岳千靈是誰？」

顧尋垂眼，沉沉地看著他。

兩秒後，小麥反應過來了。

「小麻花啊，她回家了啊。」

顧尋不意外地「噢」了一聲，看了看時間，轉頭往外走。

小麥跟在他後面：「去做什麼？」

「吃晚飯。」

小麥正想問那要不要叫岳千靈一起，就見顧尋已經走向對門。

他看著顧尋的背影，哼笑了聲。

岳千靈剛把買來的男人衣服曬到陽臺，就聽見門鈴聲。

因為小麥來了，岳千靈心裡大概知道是誰在敲門，所以她看見顧尋站在她門口時，也不算意外。

「什麼事？」

顧尋還沒開口，小麥就從他身後探出腦袋。

「妳的普通鄰居想約妳吃個晚飯。」

本來和小麥初次見面，大家一起吃個晚飯很正常。

但他用了「約」這個字眼，就顯得這句話有點微妙。

岳千靈抬了抬眼，看著顧尋，「是嗎？」

顧尋朝一旁抬了抬下巴，「走嗎？」

小麥也在後面看著岳千靈，好像感覺她很大機率會拒絕似的。

沒想到岳千靈卻俐落地點頭。

「好啊。」

這有什麼好猶豫的。

三人一起進電梯，按樓層前，顧尋突然問：「妳想吃什麼？」

「啊，我不知道你們這裡什麼——」

小麥說到一半，突然察覺顧尋好像不是問他。

因為他看著岳千靈在說話。

小麥認命地點點頭，也看向岳千靈。

「你的客人你還問我。」岳千靈嘀咕一句，把問題還給小麥，「你大老遠過來，有什麼想吃的嗎？」

「也只有妳記得我是客人，妳真好。」小麥笑咪咪地往岳千靈身邊挪了點，「我不知道你們這裡有什麼好吃啊，妳推薦一下？別太遠就行，天氣太熱了。」

「那我們就近吃？」岳千靈拿出手機開始翻東西，嘴裡碎碎念道，「前幾天我同事說附近開了一家店，她來吃過，說很好吃，我一直想去，沒時間。」

小麥：「近一點好啊，是什麼菜？」

岳千靈：「烤魚，小麥你吃嗎？」

「我倒是可以。」小麥摸了摸鼻子，看向顧尋，「但是他……」

顧尋也隨著她看向小麥：「是啊，我怎麼了？」

岳千靈抬了抬眼，「他怎麼了？」

小麥：「……」

一起生活那麼多年，小麥對顧尋的飲食習慣很瞭解。

小時候他常常一個人在家吃飯，有一次被魚刺卡到，自己喝醋，然後差點窒息，家裡又沒人，還是駱駝的爸媽把他送去醫院的。

自那之後他有了心理陰影，再也不吃魚了。

但現在。

「沒什麼，吃魚就吃魚吧，我又不怕刺。」

兩人的話題到此為止。

但岳千靈也不傻，她聽小麥和顧尋的意思，大概是顧尋不吃魚。

只是他懶得說。

思及此，岳千靈放慢腳步，又看起手機。

「我們去吃中餐吧。」

顧尋回頭看她：「為什麼？」

岳千靈沒說話，目不斜視地往前走。

只是從他身邊擦肩而過時，嘀咕道：「你真挑食。」

顧尋在原地愣了兩秒。

隨後，嘴角彎了彎，快步跟了上去。

夕陽餘暉灑在兩人身上，將影子拉得細長，兩道身影交錯著朝光亮處走去。

小麥平時打遊戲的時候話不多，但私底下其實是個挺外向的人。

飯桌上光聽他逮著岳千靈問這問那，兩人你一句我一句，顧尋竟然沒什麼插嘴的機會。

一頓飯下來，天色也暗了。

走出餐廳，顧尋看著來往的人群，突然覺得這難得的週末過得有點虧。

「真熱啊。」小麥拎著一瓶冰可樂，猛灌了一口，回頭看向岳千靈，「我不想在外面了，要不然我們回去打一下遊戲吧？妳都好久沒跟我們四排了，電競生涯懈怠了！」
岳千靈也覺得熱死了，而且她這幾天幾乎每晚忙到半夜回來，確實需要放鬆一下。
反正現在大家什麼都知道了，她也沒什麼好糾結的。
「好啊，我——」
「要不然小麥你先回去吧。」
晚風吹過，帶著夏夜獨有的濃厚煙火氣息。
顧尋看著街對面的電影院，碰了碰岳千靈的手背，「我們去做點別的？」
雖然只是個小動作，但岳千靈心頭微跳，感覺手背被他碰得有點癢，面上卻不顯，平靜地說：「你想幹什麼？」
顧尋剛張口，小麥的腦袋又從他身後探了出來。
「他想泡妳。」
岳千靈：「……」
顧尋：「……」
兩人同時回頭瞪小麥。
岳千靈：「當我是泡麵？」
顧尋：「你能不能別胡說八道？」

他們幾乎異口同聲，話音一落，對視一眼，又都沉默。

小麥自覺失言，不好意思地捂著嘴，向岳千靈投去抱歉的眼神。

但岳千靈根本沒看見小麥的眼神，她聽出剛剛顧尋急於否定的語氣，心裡陡然浮起異樣的情緒。

就說怎麼可能。

這段時間果然是她自作多情了。

路邊霓虹閃爍，赤紅燈光映在岳千靈臉上，把她眼裡的情緒全都藏住。

顧尋垂眼看著她，「我不是小麥說的那個意思。」

岳千靈緩緩地垂下眼睛，很輕地「哦」了一聲。

或許是她這聲「哦」帶了幾分複雜的情緒，觸動了顧尋心裡某根弦。

他緊緊盯著岳千靈看了一陣子。

突然彎腰，俯身在她耳邊，用只有她聽得見的聲音說。

「我是在追妳。」

今晚月色很美，朦朦朧朧地透過雲層，安撫著這座燥熱的城市。

浴室裡水聲潺潺，伴隨著岳千靈沉重的呼吸聲。

她已經淋了快半個小時的熱水了，還絲毫沒有停下來的意思。

一閉上眼睛，腦海裡就不停浮現一個小時前的場景。

當時她說了什麼？

岳千靈不太想得起來，只記得當顧尋那句話落下的瞬間，她的雙眼便沒眨過一下。

當時周邊行人來來往往，小販叫賣聲與商場音樂嘈雜地交織在一起，而岳千靈耳邊卻似空無一聲，只是反覆回盪著顧尋那句「我是在追妳」。

對於這件事，岳千靈有過猜測，有過揣摩，甚至在幾秒前，她一度覺得自己自作多情了。

可這句話真的從顧尋嘴裡說出來後，那種氤氳在胸口好些日子的情緒終於落地。

卻帶來另一種感受。

岳千靈發現自己有點慌張。

這種慌張，來源於她發現自己還是喜歡顧尋，卻不知道顧尋有多喜歡她。

雖然好像似懂非懂地摸清楚了事情的來龍去脈，但這也太不真實了。

之前，她抱著百分之一的希望也期盼成真。

而現在，她連千分之一的不確定性都不想承受。

許久，岳千靈感覺自己快被滿浴室的熱氣悶死了，才關掉水龍頭。

裹著浴巾走出來，她照著鏡子，也不知道是不是洗了半個多小時熱水澡的原因，臉頰竟然紅得像喝醉了酒。

在鏡子前站了好一陣子，岳千靈才打開水龍頭，用涼水拍了拍臉。

「有點出息岳千靈，又不是沒被人追過，緊張什麼！」

吹乾頭髮後，岳千靈感覺自己被耗盡了力氣一般，躺在床上一動也不動。

這時，手機響起。

校草：『？』

岳千靈盯著螢幕看了半晌，也敲了一個問號過去。

校草：『不是，妳給我一個看法吧。』

糯米小麻花：『什麼看法？』

校草：『就是關於。』

校草：『我在追妳』

校草：『這件事。』

岳千靈：「……」

哪有讓人給看法的說法？

難道寫個小論文給他？

她在床上翻了個身，手指放在螢幕上，好一陣子，才敲出一個字。

糯米小麻花：『哦。』

校草：『哦？』

校草：『哦是什麼意思？』

糯米小麻花：『就是我沒感覺到的意思。』

校草：『……』

校草：『既然這樣，那再跟妳坦白一件事。』

岳千靈看著這句話，莫名有點緊張。

糯米小麻花：『有話就說，拖拖拉拉什麼。』

校草：『我第一次追女生。』

校草：『其實挺不好意思的。』

校草：『也沒什麼經驗。』

校草：『如果之後妳還是感覺不到的話，及時指出一下。』

校草：『我努力表現得再明顯一點。』

糯米小麻花：『……』

糯米小麻花：『怎麼，還要我教你怎麼追我？』

這句話一傳出去，岳千靈感覺不對勁，立刻收回。

可惜對方已經看見了。

校草：『這當然是最好的。』

校草：『如果妳願意的話。』

糯米小麻花：『（微笑）。』

校草：『順便再問一下。』

校草：『我情敵多嗎？我做個背景調查。』

看見「情敵」兩個字，岳千靈指尖一顫，刪掉原本要說的話。

糯米小麻花：『有病。』

傳完這句，岳千靈放下手機，感覺有些天旋地轉。

兵荒馬亂之後，她安靜下來，平靜地看著天花板，忽而嘆了口氣。

不知道為什麼，明明是該開心的事情，她心裡卻有些泛酸，甚至有一點點想哭。

一牆之隔的另一間房。

顧尋站在陽臺，側望另一邊，能看見她的燈光還亮著。

還能罵人，就說明有希望。

顧尋突然覺得這個邏輯有點奇怪，他在陽臺吹一下風，才轉身朝客廳走去。

小麥躺在沙發上玩手機，見顧尋進來了，直起身來，問道：「欸剛剛回來的路上都沒怎麼說話，我一直想問，在餐廳門口你跟她說了什麼啊？我看她的表情好奇怪。」

顧尋坐到他旁邊，不鹹不淡地說：「沒說什麼。」

「嘖。」

小麥斜眼瞄著他，心知肯定是問不出什麼，索性作罷。

「明天禮拜天你沒事吧，我們去出去玩？」

顧尋側過身，打量著小麥。

「我們兩個大男人能去玩什麼？」

也是。

其實江城作為一個大城市，沒什麼旅遊景點，那些網紅打卡地點小麥也不想去。

他只是考完試太閒了，想換個地方繼續空虛度日而已。

這次來江城，知道顧尋忙，他本身也打算自己在這玩幾天就回去。

小麥想了想，「看看電影唄，最近不是有好多新電影上映嗎？」

顧尋雙眼忽然亮了亮，「好提議。」

說罷，他又打開手機。

菜也犯法嗎 sir：『明天下午有空嗎？』

菜也犯法嗎sir：『一起去看個電影？』

傳完，他便開始翻看購票軟體，看了一陣子，選了個最熱門的，買了兩張票。

小麥湊在他旁邊，看見他下單，連忙阻止。

「欸欸，我不想看愛情片，想看動作片！」

顧尋頭都沒抬一下。

「那你看啊，我又沒攔你。」

小麥：「……」

過一下子，小麥長長地「哦」了一聲。

「我懂了，我懂了，不過也要看人家理不理你。」

話音剛落，顧尋就收到回信。

愛吃辣椒的香菜精：『沒空。』

岳千靈這天是真的沒空。

她媽媽最近腸胃上的老毛病犯了，想來江城的大醫院看看，預約了週一早上的專科，所以要來岳千靈家住一個晚上。

下午，岳千靈接到鞠雲珍的電話，便去社區門口接她。

雖然說是來看病，只在這邊待兩天一夜，但鞠雲珍還是拎著大包小包下車。

岳千靈見她熱得滿頭大汗，連忙上去幫她拿包。

「妳怎麼來一趟還帶這麼多東西。」

「都是帶給妳吃的。」

鞠雲珍一路走，一路打量社區的環境，「這裡綠化還行，地面上也沒車什麼的，不像我們那老社區……噢，這裡治安還好吧？我看門口保全都是些老頭子。」

岳千靈噎了一下，含糊地說：「還可以。」

鞠雲珍點頭：「那就好，女孩子一個人在外地工作，我什麼都不擔心只擔心妳的安全。」

兩人一起到家裡，岳千靈放下東西，連忙倒水給鞠雲珍。

而鞠雲珍進門第一句話就說：「妳看看妳家裡多髒，哎喲我都看不下去了，我去把地拖兩遍。」

岳千靈低頭一看。

不是挺乾淨嗎？

鞠雲珍當然不管這些，拿著拖把就開始打掃，還不讓岳千靈插手，嫌她礙事。

岳千靈只好一個人去整理她帶來的東西。

沒多久，她突然聽到鞠雲珍在房間裡大聲喊她。

「岳千靈！」

「怎麼了？」

岳千靈連忙小跑過去，見鞠雲珍指著她陽臺曬的兩件男人的衣褲，驚詫地看著她：「妳談戀愛了？還同居了？」

岳千靈：「……」

「我是因為一個人住，看網路上說掛點男人的衣物會比較安全，昨天剛買的呢。」

「噢……妳不是說這裡挺安全嗎？」

鞠雲珍半信半疑地看著岳千靈，「其實談戀愛也沒什麼，妳都這麼大了，沒必要瞞著我。」

「真的沒有！媽，我要是談戀愛，我一定第一個告訴妳好嗎？」

看岳千靈只差指天發誓的架勢，鞠雲珍沒再問，轉身去了廚房。

只是看到女兒做這些事情，想到她一個人生活應該還挺提心吊膽的，鞠雲珍便覺得挺心酸的。

她知道岳千靈平時肯定都吃外食，所以這次過來專門買好了菜，準備做一頓晚飯。

岳千靈在客廳裡等著，閒著沒事看了看手機，發現十分鐘前，顧尋傳訊息給她。

校草：『晚上也沒空嗎？』

岳千靈往廚房看去，正好撞上鞠雲珍的目光，莫名有點心虛地別開了臉。

「妳在那閒著幹什麼呢？去把妳換下來的那些髒衣服都洗了。」

「哦好。」

於是岳千靈匆忙地回了個『沒空』，便抱著髒衣簍進了洗手間。

夏天衣服換得勤，岳千靈這幾天又忙，確實堆了不少衣服。

鞠雲珍在這，她不敢直接丟洗衣機，只好一件一件地手搓，感覺自己就像被貶到了浣衣局。

半個多小時後，岳千靈才抱著盆子出來。

一到客廳，卻發現顧尋站在廚房旁。

她的腳步突然頓住，愣愣地看著他。

「你怎麼在這？」

顧尋轉過頭，只是抬了抬眉梢，沒說話。

緊接著鞠雲珍便端著一碟菜走了出來。

「我剛剛把垃圾丟出去，正好跟顧尋碰上了。妳這孩子，人家住妳對面也不說一聲。」

她說話的時候，顧尋還特別乖巧地接過鞠雲珍手裡的菜，端上飯桌。

岳千靈有點不明白現在的情況，直到顧尋走到她身邊，低聲說：「剛剛阿姨碰到我，見我沒吃飯，非要叫我過來吃晚飯。」

聽那意思，好像是在說「我不是故意的妳別多想。」

「那小麥呢？」岳千靈問，「你怎麼不把他一起叫過來？」

「小麥說他怕生。」顧尋放好了菜，順勢靠著牆，曲起一隻腿，慢悠悠地說，「不好意思跟第一次見面的阿姨一起吃飯。」

那你才第二次見面就好意思了？

鞠雲珍正朝他們走過來，岳千靈便沒把這句話說出口。

「過來吃飯了。」

直到三個人坐下，岳千靈還沒想明白，顧尋怎麼就這麼順理成章地吃上她媽做的飯了。

當然，鞠雲珍叫顧尋過來吃飯，也不單純是因為他媽媽的關係。

她夾了一筷子菜給顧尋，笑咪咪地說：「小尋啊，既然你住在對面，我們千靈一個女孩子平時就多麻煩你照顧了。」

「媽——」

岳千靈剛開口，就聽到顧尋說：「應該的。」

她餘光瞄了他一眼，抿著唇，後面那句話沒說出來。

鞠雲珍又說：「我看你們這裡的保全好像不是特別好，剛剛我看外送什麼的不用登記就進來了，所以要是晚上聽到什麼動靜，麻煩你多注意注意。」

「嗯。」顧尋點頭，「每天晚上我都送她回家的。」

鞠雲珍的筷子突然頓在半空中，「啊？」

見狀，岳千靈連忙說：「我們是同事，晚上加班都一起回來。」

「哦！這不是更巧了嗎！」鞠雲珍臉上笑容更甚，「這樣阿姨就放心多了，不然最近我看新聞，真的是提心吊膽啊。」

岳千靈含糊地「嗯嗯」兩聲，也不知道怎麼的，總覺得顧尋會說什麼奇奇怪怪的話，於是連忙轉移話題。

飯吃到尾聲，鞠雲珍突然想到一件事。

「對了，最近天氣熱，等一下我要熬點綠豆湯，清熱解暑的，你也喝點？」

「不了阿姨。」顧尋放下筷子，拿紙巾慢條斯理地擦著嘴，「我晚上要去看電影。」

「噢，看電影啊。」鞠雲珍今天心情好，打趣道，「跟女朋友？」

岳千靈突然抬了抬眼，視線在顧尋身上輕輕掃過，猝不及防和他目光相接。

飯廳昏黃的燈光下，顧尋目光沉沉，那一瞬間的對視就像某種信號，點燃了四周的空氣。

感覺到氣氛不對勁後，岳千靈立刻移開了眼。

「暫時還沒有女朋友。」

顧尋說得平平淡淡的。

但岳千靈聽著，總覺得意有所指，垂眼看著碗裡的菜，長長的睫毛遮住她倏忽的目光。

「哦哦。」鞠雲珍點頭，正想說什麼，又聽顧尋道：「我一個人去看。」

鞠雲珍：「啊？一個人啊？」

「嗯，我在這邊沒什麼朋友。」顧尋擰開礦泉水喝了一口，表情看起來有點落寞，「看電影吃飯也都是一個人，一直獨來獨往。」

許是他的語氣聽起來太可憐了，鞠雲珍想到過年的時候和顧韻萍聊天，聽說他春節也是一個人在江城過的，頓時有些母愛氾濫。

再想到岳千靈也是一個人在外工作，她感覺現在的年輕人也太可憐了，連忙說道：「你們住這麼近，又是同事，沒事叫千靈陪你去啊，反正她也閒。」

「我怎麼閒了？」岳千靈倏地抬頭，語氣中有自己沒有察覺的慌張，「我平時也很忙的。」

「我看妳平時不是在床上躺著就是打遊戲打一天，年紀輕輕的，活得像個老年人。」

鞠雲珍本來就擔心岳千靈一個人在外面住不安全，好不容易碰到一個認識的鄰居，當然希望她跟人家多多走動，打好關係，以後有什麼事情才方便照應。

於是她放下筷子，嚴肅地看著岳千靈：「沒事多出去走走，我都怕妳在家裡發霉，要不然今晚上妳就陪顧尋去看看電影，我正好把妳的狗窩裡裡外外好好打掃一遍。」

顧尋放下礦泉水，接著她的話說道：「會不會太麻煩她了？沒事，我一個人吧，我習慣了。」

一聽這語氣，岳千靈總算反應過來了。

——他故意的。

「我——」

「麻煩什麼。」鞠雲珍知道岳千靈懶得出門，搶了她的話，「她一個女孩子，以後要麻煩你的地方才多呢。」

岳千靈：「……」

她咬著牙，瞄了顧尋一眼，不死心地說，「以後再說吧，人家肯定都買好票了。」

話音剛落，顧尋就拿著手機看了兩眼。

「這場電影沒什麼人，我前後左右都是空的。」

岳千靈：「……」

她還想說什麼，鞠雲珍伸手拍一下她的肩膀。

「妳就懶！我看宅死妳得了！」

「……」

岳千靈側頭看向顧尋。

果不其然，他低著頭，嘴角輕輕勾了一下。

暑假檔是電影上映高峰期，又恰逢週末，電影院大廳一個空位都沒有，連空氣裡都充斥著爆米花的甜膩味道。

岳千靈從電梯出來，看見這場景，有點茫然。

她覷了身旁的顧尋一眼，見他面不改色地朝櫃檯走去，不由得扯了扯嘴角。

這就是他說的前後左右都有空位？

說起謊來還真是草稿都不用打。

買飲料爆米花的人排成了長龍，顧尋取了票後，朝那邊望了一眼，側身問岳千靈：「想喝什麼？」

岳千靈沒說話，抱著手臂，緊抿著唇，涼涼地看了他一眼，然後環顧四周。

小孩子們開心地跑來跑去，成人們捧著冷飲熱絡地聊天，有的女孩舉著手機自拍，一片熱鬧。

大概是被這種氣氛感染了，岳千靈覺得來都來了——

於是，她放下手，負到身後，朝顧尋抬了抬下巴。

「我要可樂。」

「好，等我。」

說完，顧尋轉身朝櫃檯走去，嘴角不自覺地笑了笑。

顧尋說距離電影開場還有十幾分鐘分鐘，而岳千靈看著大廳裡張貼的巨幅廣告，突然想起自己都沒問顧尋買的是哪一場。

她走到排列整齊的廣告板前，目光直接定在最中間的動作片上。

這是一部很紅的系列槍戰片，岳千靈和印雪看過前兩部，還挺喜歡，兩人本來就打算一起來看第三部。

但是最近太忙，她把這事忘了。

而顧尋作為一個男生，肯定也是為了這部電影來的。

十分鐘後，兩人坐進放映廳，大螢幕開始放廣告，岳千靈拿出手機傳訊息給印雪。

糯米小麻花：『一般來說，系列電影到了第三部都會爛尾，我先來試試毒。』

印雪：『？』

印雪：『妳居然不等我，是不是外面有狗了？』

印雪：『是上次送藥給妳的那個男生嗎？』

印雪：『如果是他的話，我暫時同意這門親事。』

岳千靈餘光瞥了顧尋一眼，沒有再回覆，不動聲色地收了手機。

沒多久，廣告結束，正片開始。

妝容精緻的人物出來的那一瞬間，岳千靈疑惑地瞇起了眼睛。

——這小清新的風格不對勁啊。

她下意識側頭看了顧尋一眼，見他神色如常，便沒說什麼。

一段似是而非的劇情後，大螢幕終於打出片名——《可知我有多喜歡你》。

岳千靈：？

不是槍戰片嗎？

她連爆米花都嚼不動了，傻眼地看向顧尋。

但他依然只是喝著可樂，盯著螢幕，眼裡沒有絲毫錯愕。

沒想到他竟然喜歡看這種電影。

好吧。

岳千靈只能繼續以「來都來了」的心態繼續看下去。

但是這部電影也太無聊了點。

演了近半個小時，沒什麼內容，片段式地交代了作為青梅竹馬的男女主從小到大感情有多好。

岳千靈忍住打哈欠的衝動，拿手機看一下劇情簡介。

——「本片講述了從小一起長大的青梅竹馬純真無邪的愛情。」

「……」

這他媽什麼東西。

「你——」岳千靈實在忍不住了，戳了戳顧尋的肩膀，「喜歡看這種電影？」

電影院裡昏暗的燈光下，顧尋側過頭，輪廓藏於陰影中，不甚清晰，而他灼灼的目光卻直直落在岳千靈臉上。

原本想說什麼，看見岳千靈的眼神，他頓了頓，話鋒一轉。

「對啊。」

「……」

見岳千靈不說話，顧尋才緩緩收回視線，重新看向大螢幕。

嘴角卻不自覺地翹了翹，不輕不重地說：「總不能以後妳想起我們第一次看電影都是劈里啪啦的槍戰，至少留點浪漫的回憶。」

雖然這時電影音樂聲很大，但岳千靈還是清晰地聽到顧尋的話。

她喝了口可樂，沒說什麼。

又是近半個小時過去，岳千靈的眼皮已經開始打架，不得不把手肘支在扶手上，撐著自己的腦袋，以免自己睡著。

不過她的動作稍微大了點，碰到了顧尋。

他轉過身，問：「睏了？」

岳千靈半闔著眼看他，臉上明明白白寫著三個字。

你說呢？

顧尋正想張口說什麼，環繞音響裡突然傳出一句臺詞。

「我喜歡你，一直都喜歡你，你知道嗎？」

兩人目光皆是一滯，兩秒後，同時緩緩地轉頭看向螢幕。

女主角穿著一身白色連衣裙，抱著一束薰衣草，站在男主角面前，星星眼看著他。

「十二歲那年，你騎著單車載我去薰衣草花田那一段路程，我就知道，我喜歡上你了。」

男主角卻像聽到什麼天方夜譚似的，呆滯了半晌。

「我、我一直把妳當妹妹，對妳從來沒有那個意思。」

腦海裡彷彿有某根神經被刺了一下，岳千靈身體一僵，目光再也轉不動。

而一旁的顧尋拿可樂的動作也停滯在半空。

半晌，直到女主角傷心地哭著走了，顧尋才轉過頭。

動作有些微的僵硬。

「妳不是睏了嗎？要不然我們早點回去？」

岳千靈眨了眨眼，片刻後，徐徐坐直了。

她理了理衣服，雙手放在膝蓋上，看著螢幕。

「你不是挺喜歡這部電影嗎？」

「……」

之後的十分鐘，電影節奏突然變得很快。

導演以蒙太奇手法展現了女主角傷心離開的這半年，男主角的生活狀態，從一開始的夜夜笙歌，到後來的借酒消愁。

在一個月朗星稀的夜晚，男主角在海邊亂逛了一個小時，抽完了整整兩包菸，然後幡然悔悟。

——啊，原來我離不開她。

——啊，原來我很愛她。

當男主角深情地說出這句臺詞時，電影院內哄笑一片。

連觀眾都被劇情氣笑了。

而岳千靈卻凝住目光，手指突然把一顆爆米花捏扁。

顧尋偏頭看過來時，正好瞧見這一幕。

他看見被捏扁的爆米花，徐徐抬眼，在和岳千靈目光相接的那一刻，視線定住。

螢幕的畫面還停留在深夜的海邊，讓原本晦暗的影廳環境幾乎伸手不見五指。

當岳千靈感覺到顧尋正在看她時，眉心跳了跳，然後別開臉，昂著下巴看螢幕，假裝無事發生。

過了一陣子。

顧尋：「要不要我們去看點別的？」

「不用啊。」岳千靈喝了一口可樂，「這劇情不是挺有意思的嗎？」

「……」

畫面一轉，女主角回來了。

她褪去青澀，穿著性感成熟的衣服出現在男主角面前。

在那之後的半個小時，電影內容幾乎是同一個主題。

看著女主角不停地換男朋友，男主角夜夜心如刀割。

雖說劇情是狗血了點，但很明顯，影廳裡看手機的人少多了。

岳千靈也不怎麼吃爆米花了，專注地看著螢幕。

沒發現身旁的人坐如針氈。

好不容易熬到最後，顧尋看了看時間，電影剩二十分鐘。

而女主角還和男配角你儂我儂，完全視男主角為空氣。

男主角又帶著一束薰衣草，去女主角家。

女主角不見他，他便在樓下大聲喊：「我錯了！我知道我錯了！我以為我把妳當妹妹，其實不是的！我一直喜歡妳！」

女主角躲在窗簾後，淚如雨下。

劇情到這個時候才算進入高潮，影廳內比剛剛還要安靜。

這時，前排一個女觀眾大概是看入了神，情不自禁說道：「男人就是賤啊，ＢＥ吧，我看這男人不要也罷。」

「……」

顧尋右眼皮跳了跳，不動聲色地轉頭去看岳千靈。

她目不轉睛地看著螢幕，沒什麼特殊表情。

顧尋突然覺得很煩躁。

這是什麼破電影。

悲傷的BGM響起，影廳裡卻莫名洋溢著一股歡樂的氣氛。

顧尋不懂了，明明是這麼慘的劇情，為什麼有好幾個觀眾在笑。

盯著岳千靈看了一陣子後，顧尋沉著臉，重新看向大螢幕，並伸長了腿，靠在椅背上。

行唄。

他倒想看看這男主角怎麼收場。

五分鐘後，畫面轉到夜晚。

男配角帶著女主角約會，中途下起了暴雨，兩人走進路邊一個小亭子躲雨。

這時，男配角拿出戒指單膝下跪求婚，女主角震驚。

男主角就在這時候出現。

他衝進大雨中，大喊著「不要！」

女主角見了他，反而抬起了手，準備接受男配角的求婚。

這時，男主角撲通一聲跪在地上。

「……」

「……」

岳千靈看呆了。

而顧尋卻感覺頭皮一陣發麻，太陽穴突突地跳。

緊接著，觀眾還沒反應過來，一輛大卡車衝向男主角。

在女主角的尖叫聲中，畫面陡然一黑。

岳千靈實在沒憋住，噗嗤一聲笑了出來。

顧尋倏地直起了腰，半張著嘴，不可置信地看著螢幕，一句「我靠」脫口而出。

電影的結局和觀眾的預料一樣。

黑幕過後，被包裹成木乃伊的男主角在醫院裡緩緩醒來，女主角在他身旁哭得像個淚人。

兩人互訴衷腸後，男主角掙扎著抬手，摸了摸女主角的頭髮。

畫面再一轉，已經是半年後。

女主角推著男主角的輪椅，在晨曦下幸福地散步。

隨後，片尾曲響起。

在輪椅出現那一刻，岳千靈忍不住笑出了聲。

大概是結局的衝擊太大，岳千靈差不多忘了前面發生什麼，笑到肚子有點痛。

她伸手揉了揉小腹，又擦兩下眼角。

「喂。」她用手肘碰了碰顧尋，「你覺得這個浪漫嗎？」

「……」顧尋難言地看著她，皺了皺眉，忽然拉著她的手起身，「回家了。」

一路上顧尋沒怎麼說話。

他一直在想，怎麼就手賤非要為了圖名字喜慶選了這個破電影。

為什麼不聽小麥的去看個槍戰片。

岳千靈是能沉浸在愛情電影裡的女人嗎？

她不是。

她是喜歡扛著大狙追著人打三條街的女人。

直到走出商場大門，屋簷下站滿了人，他才發現，不知道什麼時候下起了瓢潑大雨。

盛夏總是這樣，也不算意外。

只是兩人圖方便，走路過來的，這時想搭車回去，怕是要等上好一陣子。

雨實在太大，滴在地上四處飛濺，岳千靈感覺自己的鞋子上沾了點水，便下意識往裡擠了擠。

當她的肩膀和顧尋的手臂靠到一起時，顧尋突然上前一步，把岳千靈擋在他身後。

狂風夾著雨不停地往顧尋背上飛。

他垂頭，看著岳千靈，目光倏忽閃爍。

「千靈。」

突然，他沉沉地開口，語氣裡流露著自己都沒察覺的挫敗感。

「雨下得真大。」

——要不然我們重新看一部電影再回家吧。

但是這句話還沒說出口，就聽見岳千靈說。

「是啊，跟男主角被撞飛的時候一樣大。」

「……」

雖然沒直接暴露在雨中，但他感覺自己跟一隻落湯雞一樣。

第十八章　我怕

夏天的雨總是來得快去得快。

回到社區時，烏雲早已散開，月亮也朦朦朧朧地露了個臉。

兩人在電梯裡，一直沒說話。

岳千靈盯著樓層顯示，漸漸出了神。

其實看電影的時候，岳千靈完全被後面的神轉折吸引了，根本沒想太多。

在商場門口那句話也只是有感而發，並沒有故意針對顧尋。

只是她這時回想起顧尋的反應，以及他看電影時的神情，岳千靈才反應過來。

——他應該是把男主角的經歷對照到自己身上了。

也不知道他心裡想了什麼，但看他的表情，岳千靈腦子裡彷彿有一個人在說「嚇死他嚇死他」，另一個人又扯著她的神經說「這也太好笑了」。

兩種情緒交錯不斷，岳千靈嘴角的笑容忍不住越放越大。

「有這麼好笑嗎？」

顧尋回來的全程低氣壓，一直沒什麼表情，這時一側頭，卻見岳千靈盯著地面笑得酒窩都出來了。

她居然有酒窩。

淺淺的，平時微笑的時候根本看不出來。

岳千靈發現顧尋盯著自己的臉看，怕被他拆穿自己的心思，連忙別開臉。

卻又忍不住再 cue 一下電影。

「好笑啊，你不覺得這部電影很好笑嗎？」

「……」

今晚月色格外溫柔，聲控燈沒有亮起，走廊裡也有一層氤氳的瑩光。

不知誰家在門口擺了一盆梔子花，清香陣陣拂過鼻尖，讓人的心情也變得好起來。

岳千靈哼著歌開了門，剛進去，便見鞠雲珍正把岳千靈的沙發套從洗衣機裡撈出來，要拿去晾。

「這麼晚啊？」

「剛剛下雨了，等了一下車。」

岳千靈見她手裡抱著盆子，連忙上去幫忙，「欸妳就不能早點休息嗎，這些我才剛洗過的。」

鞠雲珍不理她，自顧自朝陽臺走去。

「妳哪裡洗得乾淨，還不是要我來。」

「對了，今晚電影怎麼樣嘛？」

鞠雲珍晾到一半，突然回頭問。

岳千靈愣了一下，沒立刻回答，只是別過臉，悄悄彎了彎唇角。
好一陣子，她才開口。
「挺好的。」

另一邊。
小麥正躺在沙發上玩手機，見顧尋回來，立馬坐起來。
「今天的約會怎麼樣？」
顧尋橫了他一眼，冷笑一聲沒說話。
小麥：？
小麥把手機放下，拉住他的衣袖不讓他進房間。
「不是，說說唄，我自己吃外送就是為了讓你製造機會，你別說什麼都沒發生？」
顧尋拂開他的手，沉沉地說，「我覺得——」
他煩躁地吐了一口氣，「我上輩子得罪了月老。」
「……啊？」
小麥還是不明白到底發生什麼了，但顧尋顯然不想多說，他只好作罷。
不過在顧尋洗澡的時間，小麥坐在沙發上想了好一陣子，還是想不通。

怎麼會呢？

顧尋是說他和岳千靈沒緣分嗎？

不可能啊。

小麥覺得，就憑他們之間發生的事情，這世上沒人會比他們有緣分了。

思忖間，小麥低頭看向手機，突然想到什麼。

顧尋沖了個澡就出來了，見小麥還在玩手機，也沒說什麼，回了房間。

他坐下來，準備加一下班，桌邊的手機卻突然震動了兩下。

顧尋拿起手機看了一眼。

是小麥拉了一個叫做「王二狗」的聊天機器人進群組。

什麼東西。

顧尋對這東西沒興趣，正要放下手機，螢幕上突然彈出一則訊息。

小麥：『二狗@糯米小麻花＋@菜也犯法嗎 sir，配對。』

愛吃辣椒的香菜精：『？』

顧尋抬了抬眉，突然覺得有點意思，就盯著螢幕。

下一秒。

王二狗：『@糯米小麻花和@菜也犯法嗎 sir 的配對指數是：十五分。』

王二狗：『在最新配對的三十一萬兩千四百四十八對情侶中，你們擊敗了兩百二十三對有緣人。』

王二狗：『你們的緣分：有緣無分，貌合神離。』

小麥：『……』

駱駝：『……』

菜也犯法嗎 sir：『？』

他突然站起來，推開門，冷冷看著客廳裡的小麥。

「呃……」小麥尷尬地笑了笑，「你說得對，上輩子你可能搶過月老的 AWM。」

「……」

顧尋回到房間裡，正想把這個機器人踢出去，卻發現岳千靈居然也玩起這個弱智遊戲。

愛吃辣椒的香菜精：『二狗@菜也犯法嗎 sir 和@小麥，配對。』

菜也犯法嗎 sir：『？』

王二狗：『@菜也犯法嗎 sir 和@小麥，的配對指數是：九十分。』

王二狗：『在最新配對的三十一萬兩千四百四十九對情侶中，你們擊敗了三十一萬零兩百二十三對有緣人！』

王二狗：『你們的緣分：天賜良緣，天生一對。』

愛吃辣椒的香菜精：『嗑到了嗑到了！』

顧尋：「……」

愛吃辣椒的香菜精：『二狗@菜也犯法嗎 sir 和@駱駝，配對。』

王二狗：『@菜也犯法嗎 sir 和@駱駝，的配對指數是：九十九分。』

王二狗：『在最新配對的三十一萬兩千四百五十對情侶中，你們擊敗了三十一萬一千四百四十對有緣人！』

王二狗：『你們的緣分：天造地設，佳偶天成！』

愛吃辣椒的香菜精：『嗑死我了嗑死我了嗑死我了！』

駱駝：『……』

顧尋：「……」

緊接著。

『菜也犯法嗎 sir 已將王二狗移除群組。』

看到這則訊息，小麥拍案而起。

「我靠我花三十多塊錢買的呢！」

這一晚雖然過得有點混亂，但不知為何，岳千靈的心情莫名很好，睡覺的時候拉著鞠雲珍聊天，滔滔不絕，彷彿有說不完的話。

到後面鞠雲珍煩了，忍不住打斷她：「妳明天還上不上班了？話怎麼這麼多呢，快點睡覺。」

岳千靈說好，閉了一下眼，卻突然開口問：「媽，顧尋他是不是改過名字啊？以前好像姓林。」

「哦……好像是有這麼一回事。」

「為什麼改啊？」

這兩年鞠雲珍和顧韻萍的聯絡也不多，對他們家的事情不算瞭解，只是偶爾會聽老同學們聊起。

「好像是離婚了，就跟媽媽姓了唄。唉，這多正常，現在單親家庭太多了。」

岳千靈「哦」了一聲，睜眼看著黑漆漆的天花板，思緒反而不能平復。

爸媽離婚了……

正想得出神，鞠雲珍突然開口：「誰家裡還沒本難念的經了，妳可別去戳人家的傷心事。」

岳千靈眨了眨眼，轉身靠近她，低聲道：「我當然不會去戳他的傷心事。」

鞠雲珍快要睡著了，說話聲變得綿長。

「嗯……我看他平時也挺孤單的，單親家庭的小孩嘛，可能沒那麼會關心人，妳多跟他走動走動，打好關係，這樣在外有個人照應，我也放心點。」

因為睡意襲來，鞠雲珍說話沒什麼調理，想到哪裡說到哪裡。

沉默了一下，她又開了口。

「我聽以前老同學說，他爸媽關係一直不好，他爸好像從來沒怎麼管過他，妳知道他媽媽又是特別嚴肅的性格，不苟言笑的，這種家庭氣氛下的小孩，過得也不容易。」

聽著鞠雲珍說的話，岳千靈低低地「嗯」了一聲，感覺心裡某一塊地方卻軟綿綿地塌了一些。

第二天早上，岳千靈醒來時，鞠雲珍已經做好了早餐。

母女倆簡單收拾一下，便一同出門，在地鐵站兵分兩路。

一個去醫院，一個去公司。

臨近八月，第九事業部急著給出新的遊戲demo，每個部門都催得很緊。

而岳千靈跟主美術說了一聲工作分配的問題，獲得同意後，她手頭上的本職工作逐漸少了些，有更多的時間去琢磨西格莉德的原畫。

但即便如此，她還是每天忙到十點多才回家。

顧尋他們的研發工作自然也輕鬆不到哪裡去，所以小麥來江城這幾天，幾乎沒怎麼一起玩過。

岳千靈偶爾滑滑社群，發現他一個人到處走走逛逛，也還怡然自得。

只是週四這天，小麥在群組裡說他明天要回去了。

岳千靈想著怎麼也算是認識一年的朋友，作為半個東道主，她也該請他吃個晚飯。

雖說是這麼打算，岳千靈依然沒能如願提前下班。

晚上十點，岳千靈終於忙完手頭上的事情，剛起身要走，便見顧尋一臉睏意地打了個哈欠。

「我發現你有點過分啊。」岳千靈經過開發部門時，見大家都還在加班，忍不住小聲說，「你每天這麼早退，老闆沒意見？」

「有什麼意見？」顧尋非常狂妄地抬了抬眼，「我的效率比較高，不行？」

「可是你們最近不是……」

「快走，我睏死了。」

「……」

回家的路上，岳千靈本來安靜地坐著，突然又想起小麥，於是說道：「小麥明天早上的飛機對嗎？要不要叫他出來，我請他吃個宵夜什麼的？」

顧尋：「今天嗎？」

「不然呢？明天他就走了。」岳千靈說著開始翻手機找餐廳，「十點多還不算太晚，最多吃到十二點吧，也還行。」

見顧尋沒說話，岳千靈感覺到他的猶豫，便問道：「怎麼，你真的睏到連一頓宵夜都不想吃了？」

路燈透過車窗映在顧尋臉上，他頓了片刻，才懶懶地「哦」了一聲，「對啊。」

岳千靈：「那我單獨請他，你回去睡你的覺吧。」

顧尋：「不行。」

「幹嘛？」岳千靈瞪了他一眼，「你又有什麼意見！」

「我會——」車停在紅綠燈前，顧尋緩緩側頭，看著岳千靈，沒什麼表情地說，「吃醋。」

「……」

岳千靈當然不信顧尋的鬼話，總覺得他奇奇怪怪的。

她親自私訊小麥問了問，得知他是明天早上八點的飛機，這時已經準備睡了，才作罷。

只是回到家裡，岳千靈想到小麥來江城玩這麼多天，還住在她對面，卻只一起吃過一頓飯，始終覺得有點過意不去。

於是她拿出包，打算傳訊息給小麥，表達一下自己的歉意。

可是她在包裡摸來摸去——手機呢？

她才剛進門沒幾分鐘，包裡沒手機，其他地方也沒有。

岳千靈思來想去，覺得只有可能是忘在顧尋的車裡了。

還好剛到家沒幾分鐘，他應該還沒睡。

岳千靈立刻起身，去敲了對面的門。

兩分鐘後，小麥穿著睡衣，睡眼朦朧地出現在岳千靈面前。

「怎麼了？」

岳千靈往裡望了望。

「顧尋呢？我的手機好像忘在他車上了……」

小麥：「他還沒回來啊。」

「嗯？」岳千靈一愣，「他剛剛跟我一起回來的。」

小麥聞言，迷茫地摸了摸腦袋，「啊？沒有啊，他沒回來過啊。」見岳千靈不明所以，小麥又補充：「他不是一直很忙嗎？工作日都是夜裡兩、三點才忙完啊，怎麼可能十點就回來。」

走道裡安靜得像抽乾了空氣，小麥說的話一遍遍在岳千靈耳邊迴盪。

好一陣子，她垂下眼，低低地「哦」了一聲。

小麥依然摸不著頭緒，揉著睏倦的眼睛，迷茫地看著岳千靈。

「到底怎麼了嘛？」

她沉默一下，突然抬起頭笑了笑，「沒什麼，我弄錯了，以為他已經回來了。你不是明天早上的飛機嗎？快點睡吧。」

小麥懵懵懂懂地點點頭，又說：「啊……那妳的手機怎麼辦，要不然我現在打電話給他讓他送回來？」

「不用不用。」岳千靈拒絕完，感覺自己的語氣好像有點激動，又小聲補充道：「太麻煩他了……你早點睡吧，我就不打擾你了。」

小麥明天一大早就要起床，所以原本已經睡著了，被門鈴聲吵醒，人還是半睡的，腦子不太轉得動，迷迷糊糊地點點頭。

回去躺上床時，他很快進入睡眠，剛剛發生的一切對他而言只是一場夢遊。

而岳千靈回到家裡，關上門，靠著門板站了一下，才慢吞吞地走向房間。

她忘了自己原本準備洗澡，一頭栽倒在床上，抱著枕頭滾了兩圈。

隨後，望著天花板，長長地呼了一口氣。

所以她的感覺沒有出錯。

顧尋作為一個主開發，怎麼可能每天第一個離開，其他同事還沒有怨言。

原來他每天晚上把她送回家，看著她關上門後又回了公司。

思及此，岳千靈突然感覺渾身一陣酥麻，張嘴咬住枕頭一角。

現在要怎麼辦。

她感覺自己一個人消化不了這些情緒，有強烈的傾訴欲。

想找印雪聊聊，可是手機又不在身邊。

哦對，手機。

因為現在的手機都有鬧鐘功能，所以岳千靈進入大學後沒單獨買過鬧鐘。

現在比顧尋更重要的是明天早上能不能按時起床。

岳千靈坐在床上煩惱了好一陣子，快要絕望時，才想起自己有個舊手機好像沒扔。

她立刻起來翻箱倒櫃，最後在角落的雜物箱裡翻出那個舊手機。

當時換掉它只是因為記憶體不夠了，所以充上電還能當鬧鐘使用，只是登錄不了聊天軟體而已。

做好這一切，岳千靈去洗了個澡，重新躺到床上後，想著早點睡覺。

可是一閉上眼，腦海裡又開始浮現顧尋的臉。

這段時間的點點滴滴像電影一樣在她眼前不斷重播，揮之不去。

像是回到了幾個月前，她也是這樣，閉眼就會想起他，同時心裡還會翻湧起各種情緒。

喜悅、緊張、憧憬……

讓她感覺情況不妙的是，除了情緒開始回溯，此時還有一種從未對顧尋產生過的感覺。

——心疼。

第二天早上，舊手機的鬧鐘正常運作。

岳千靈不知道自己昨晚幾點睡著的，醒來時只覺得眼皮跟灌了鉛似的。

她對著鏡子看了一下，也不知道是不是因為最近太累了，竟感覺自己看起來有些憔悴，額頭上還冒了一顆小痘痘。

明明顧尋比她睡得還少，怎麼沒長痘痘，皮膚還比很多女生好。

岳千靈心裡碎碎念了幾句，掃到梳妝檯上的東西，眼神微動。

隨後，她拿出許久沒用過的粉底，淡淡地遮了一層，打算再塗了點西柚色口紅，讓自己看起來更有精神。

剛擰開口紅，門鈴聲就響了。

岳千靈的手指莫名一顫，頓了片刻，立刻草草塗上口紅。

一打開門，果然是顧尋站在外面。

他單手插在口袋裡，偏著腦袋靠著牆，見她開門，懶懶地撩了撩眼。

「怎麼這麼慢。」

話剛說完，他的視線突然定在岳千靈臉上。

岳千靈發現顧尋在看自己，不自然地別開視線，一步跨出來，想越過他。

但顧尋的目光始終跟在她臉上，就那麼明目張膽地看著她。

「今天是什麼日子？」

門關上的那一刻，岳千靈聽見顧尋問，「居然化妝了？」

一點粉底和口紅竟然都被看出來了，難道太濃了嗎？

岳千靈忍不住伸手摸了摸臉頰。

「這樣你都看出來了，你還是直男嗎？」

「我是不是直男，」顧尋輕笑了聲，直勾勾地看著她，拖長了尾音，「妳不清楚嗎？」

他的意思再明顯不過，岳千靈不是感覺不到。

但是為了掩飾自己那一瞬間的慌亂，岳千靈只是扯了扯嘴角。

「我當然知道。」

她越過顧尋，朝電梯走去，「畢竟你跟小麥同床共枕這麼多天，配對指數都到了九十分。」

「……」

上車時，岳千靈往副駕駛座掃視一圈，沒發現自己的手機，又側頭去看中控臺。裡面除了兩瓶礦泉水，也沒其他東西。

「找什麼？」顧尋突然問。

原來他不知道啊。

岳千靈鎮定地咳了聲，「沒什麼。」

坐下後，她悄悄伸手摸向座位和車門的縫隙，果然碰到她的手機。不動聲色地掏出來後，岳千靈按了按螢幕，發現已經沒電自動關機了。

於是她把手機放進包裡，同時覷了顧尋一眼。

「那個……小麥已經走了？」

「嗯。」顧尋點頭，「早上六點走的。」

「六點？」岳千靈倏地睜大眼睛，「那你不是六點就醒了？」

她的語氣太驚詫，顧尋抬了抬眉，側身望向她，「六點很早嗎？」

岳千靈張了張口，最終沒說什麼。

車發動前，顧尋看了手機一眼，小麥在二十分鐘前傳了訊息給他。

小麥：『哦對了，早上走得急，忘了跟你說，昨天晚上小厤花找過你，說手機忘在你車上了。』

「……」

顧尋立刻轉頭看岳千靈。

她不知在想什麼，低頭看著手指，微微出神。

沉吟片刻後，顧尋也沒說話，將車開出停車位。

去公司的路上，岳千靈心裡一直轉著一件事。

跟蹤事件過去這麼久，生活中沒再出現過什麼異樣。

而且曾經備案的員警還打電話回訪過她，有時候出門的時候保全也會跟她打招呼聊幾句。

只是岳千靈一直心有餘悸，夜裡總是不太放心。

另一面，她又想著總不能一朝被蛇咬十年怕井繩，長此以往的戒備，還能正常生活嗎？

兩種想法在岳千靈心裡交戰了很久，一直沒有結果。

直到昨天晚上，她知道顧尋每晚送她回家後還要回公司工作，不知不覺已經在心裡做了決定。

「顧尋，我跟你說一件事情。」

「嗯？」

「我知道你們最近在趕進度，挺辛苦的，我現在感覺也沒什麼危險了，所以你以後不用專門……」她說話的時候，手指不住地輕輕敲著膝蓋，「等我，我可以自己回家的。」

顧尋沒立刻說話。

直到停在紅綠燈前，他才徐徐轉過頭，沉沉地看著岳千靈。

「妳——」

「你不要多想。」岳千靈看他的眼神有點黯淡，連忙說，「我只是覺得你這樣也挺辛苦的，每天事情那麼多。」

顧尋緊緊盯著岳千靈的眼睛，似乎在等她的下一句話。

片刻後，見她沒有繼續的意思，顧尋徐徐收回視線，看著前方路口，彎了彎唇角。

「嗯，知道了。那妳晚上到家跟我說一聲。」

「噢。」

「還有。」

「嗯？」

岳千靈原本已經鬆了口氣，聽他這麼說，心又懸起了一點。

「怎麼？」

顧尋沒看她，依然直視著路況，像是說今天天氣很好一般說道：「妳今天的口紅顏色很好看。」

西格莉德的草圖設計終於到了收尾階段。

連畢業設計，岳千靈也沒有投入過這麼多的時間和精力。

儘管這樣，第九事業部的美術前輩們說她算是效率很快的了，他們之前在西格莉德的設計後期，光是將草圖視覺化都能花上更多時間。

正因如此，岳千靈反而不敢大意，下午三點就完成了收尾工作，沒急著提交，而是反覆檢查細節。

她一個人坐在第九事業部的小會議室裡，手指夾著筆，一遍又一遍地審視著西格莉德六個造型的可信度和真實感，腦海裡還將其運動模式演練了無數遍。

三個小時後，岳千靈確定這套草圖已經在她能力範圍內做到最好後，才將成品提交出去。剛送出去，她便聽見落地玻璃窗被輕敲了幾下。

岳千靈回過頭，見是宿正站在外面，正在用口型問她「好了嗎？」

她點頭，並示意他進來。

「上一秒才提交，不知道主美術什麼時候有時間看，你要不要先看看？」

「可以。」

宿正走到她身旁，沒坐下，一隻手撐著她的椅子，一隻手撐著桌面，仔細地看了一陣子後，確定和他們商討的設計方向沒有偏差，宿正連連點頭，「在我這裡是通過了，等下次會議看看衛翰的意思，沒什麼問題的話就進行視覺化吧。」

說完，他又輕敲一下桌面。

「辛苦了，妳這幾天回家都很晚，今天就早點回去吧，好好休息一下。」

「好嘞！」

岳千靈當然求之不得，立刻闔上電腦，抱起來準備下樓。

「等一下！」

她推開會議室的門時，宿正突然叫住她，「吃了蛋糕再走啊。」

岳千靈往外面看了一眼，果然見大廳的空桌上擺著一個很大的蛋糕，幾個男生正在那裡拆紙盤。

「不是吧？」岳千靈抱著電腦，不可置信地看著那巨大的蛋糕，「完成一張草圖而已，你們部門的儀式感這麼強烈嗎？」

宿正思忖片刻，才反應過來岳千靈的意思，立刻笑得眼睛都瞇了起來。

「不是，妳想什麼呢，今天是我生日。」

「……噢，你生日啊。」

自作多情的岳千靈啞口無言，撓了撓鼻尖，跟著宿正走出去。

大家把蛋糕擺好後，宿正拿起塑膠刀子，朝半空中揮舞兩下，大聲喊道：「沒事的都過來吃蛋糕了！」

話音一落，整個辦公區熱鬧了起來，陸陸續續有十幾二十個人朝桌子走過來。

宿正作為壽星，在眾人的擁簇下開始切蛋糕。

他盯著圖案想了想，俐落兩刀，把「樂」字那一塊完整地切下來，裝進盤子，轉身遞給岳千靈。

「來，妳第一個。」

岳千靈本來就有點餓，見蛋糕漂亮好看，食指大動，便笑著說了聲「生日快樂」，同時接過蛋糕，準備找個凳子坐下慢慢吃。

然而她剛退了一步，就感覺後背撞上一個人。

心裡莫名湧上一絲異樣的感覺，岳千靈立刻回頭，發現果然是撞到顧尋。

而他正垂眼看著她。

「慢點。」

岳千靈一時忘了動作，就這麼靠在顧尋胸前。

在吵嚷的人群中，兩人的目光不偏不倚相接，岳千靈感覺心跳冷不防漏了一拍。

不到兩秒，她立刻挪了一步，端著蛋糕往旁邊走去。

沒多久，蛋糕分完了，宿正端著他的那一份朝岳千靈走來。

「我今晚——」

岳千靈正吃著蛋糕呢，一抬頭，宿正的話卻戛然而止。

他看著岳千靈，倏地笑了笑，隨後轉身，掃視一圈，看到離他們最近的顧尋，連忙說道：「顧尋，麻煩把你後面的衛生紙拿過來。」

岳千靈還沒明白怎麼回事，就見顧尋的視線也落在她臉上，嘴角噙著笑，拿著一張衛生紙走過來。

「擦擦妳的臉。」

「……噢。」

這下不用多說，岳千靈也知道發生什麼了。

她接過紙巾，胡亂地擦了擦嘴角，然後將紙巾揉成一團。

顧尋盯著她的臉，還想說什麼，卻見一旁的宿正已經伸出手，拇指輕輕撫過岳千靈的下頷。

「這裡還有。」

這突如其來的接觸讓岳千靈的眼神凝滯片刻。

隨即，她立刻道了聲謝，並下意識瞟了顧尋一眼。

意料之中地對上他的目光。

雖然顧尋臉上沒什麼表情，但岳千靈卻莫名有一種做賊心虛的感覺。

她清了清嗓子，正想說什麼，宿正卻又開口接著剛剛的話題道：「我今晚會把線稿的設計說明、注解傳一些給妳，妳隨意看看格式就行，其他的東西不用管。」

「嗯嗯。」岳千靈連連點頭，「明白。」

兩人說話間，顧尋端著蛋糕轉身就走。

岳千靈望著他的背影，舔了舔嘴角的奶油。

突然覺得沒那麼甜了。

岳千靈的胃口一直不大，加上今天也不算忙，所以一塊蛋糕足以讓她打消了吃晚飯的念頭。

到了夜裡九點多，她把家裡打掃一遍，又洗了一些衣服，才感覺到餓。

想著時間還不算很晚，岳千靈決定點個宵夜。

點開外送軟體的那一瞬間，她頓了頓，突然想到什麼，手指一點，切到聊天軟體，點開顧尋的聊天欄。

糯米小麻花：『你今晚吃什麼？』

校草：『？』

糯米小麻花：『我參考一下。』

過了好幾秒，他才回訊息。

校草：『西湖醋魚。』

糯米小麻花：『？』

糯米小麻花：『你不是不吃魚嗎？』

校草：『對啊。』

校草：『我現在也不在西湖。』

『有沒有吃西湖醋魚跟你在不在西湖有什麼——』

岳千靈已經快打完這一句話，才突然反應過來顧尋是什麼意思。

西湖醋魚。

沒在西湖，不吃魚。

哦，吃醋了。

意識到這一點，岳千靈突然伸手糅了揉胸口。

呼吸頻率有點亂。

也不知道自己的心臟在亂跳什麼，就連嘴角的肌肉都有點不受控制。

她盯著螢幕看了半晌，把打好的字一個個刪除了，手指懸在螢幕上，依然不知道該說什麼。

一陣子過去，大概是見她沒有反應，顧尋又傳了一則訊息過來。

校草：『？』

岳千靈的眼皮突然一跳，一個翻身坐起來，盤起腿靠著枕頭。

不行，不能因為一句話又開始心神蕩漾。

她抿著唇，敲了一個「噢」字。

高貴又鎮定，看起來透著一股「已閱」的氣息，除了她自己，沒人能看出來她其實是不知道說什麼。

傳送出去後，岳千靈感覺自己莫名其妙心情好了，看外送軟體裡的東西都覺得好吃。

她隨便點了一份煲仔飯，隨後便躺在床上玩起手機。

一眨眼一個小時過去，岳千靈看外送員離她還有幾十公尺，便坐了起來，隨時準備下樓拿外送。

等待的時候，她發現手機沒電了，於是插上充電線，並隨手滑了滑社群動態。

幾分鐘前，印雪更新一組照片，定位在西湖。

岳千靈腦海裡某根神經突然被觸動一下，傳訊息給印雪。

糯米小麻花：『妳去杭州了？』

印雪：『對啊，我之前不是跟妳說了嘛，我姐姐這個月結婚，我要參加婚禮。』

糯米小麻花：『噢，我忘了。』

印雪：『對了，我今晚跟我表哥一起坐飛機來杭州。』

糯米小麻花：『嗯？』

印雪：『要不要介紹給妳？嘻嘻，我表哥很帥的！絕對不比顧尋差，我今天看見他，就覺得肥水不落外人田嘛。』

糯米小麻花：『……』

糯米小麻花：『不用了。』

印雪：『怎麼了嘛，不是說要多接觸接觸新的男生嗎？』

岳千靈抬頭，鬼使神差地往牆那頭看了一眼。

糯米小麻花：『有人會吃醋。』

印雪：『？？？』

印雪：『誰啊？上次那個送藥的男生？』

岳千靈頓了一下，才打字。

糯米小麻花：『嗯。』

印雪：『你們現在什麼情況？』

印雪：『先給我看看照片！』

照片其實是有的。

學校社群告白牆就有不少顧尋的偷拍照。

但——

糯米小麻花：『印雪，我覺得朋友之間，要坦誠。』

印雪：『？』

印雪：『好吧我攤牌了。』

印雪：『其實我表哥沒顧尋好看。』

印雪：『但是他也很不錯的！』

糯米小麻花：『那個男生就是顧尋。』

印雪：『？』

隔了好幾秒，印雪才回過神，傳了幾十個問號過來。

正好這時外送員打來電話，告訴岳千靈他已經到社區樓下了。

社區不讓外送員送上樓，岳千靈只好自己下去拿。

她下床穿上拖鞋，手機還在不停震動。

岳千靈草草看了一眼，滿螢幕的問號讓她不知道怎麼開口。

印雪：『打電話給我說清楚！』

糯米小麻花：『等一下，我先拿外送，充一下電就打電話給妳。』

說完，岳千靈急匆匆地朝門口走去。

她一面彎腰穿鞋，一面打開門。

推開門的那一瞬間，她突然聽到一聲「滴滴」，還沒反應過來，走道那頭又響起一道不輕不重地關門聲。

岳千靈的注意力頓時被吸引過去。

走廊裡的聲控燈亮了，空氣裡似乎還殘留著顧尋的氣息。

岳千靈看著對面那扇門，一邊嘀咕著他今天回來挺早，一邊朝電梯走去。

拿到宵夜回來，岳千靈伸手按指紋的時候，心裡還惦記著怎麼跟印雪說這個事情。

不知道她會是什麼反應，會不會罵她……

幾秒後。

岳千靈突然低頭看著鎖——門怎麼沒開？

她又按一下指紋，依然沒反應，於是去按密碼。

連按三次後，門依然沒開，也沒響起密碼錯誤的提示音。

岳千靈愣了，用力拉了拉門把手，沒任何動靜。

她心裡突然冒出一個非常不妙的預感。

該不會……密碼鎖沒電了吧？

懷揣著最後一絲僥倖，岳千靈又按了三遍密碼，門依然沒開。

完了。

她現在穿著一身睡衣，沒帶手機沒帶身分證，除了一碗煲仔飯，她一無所有。

岳千靈呆呆地盯著門看了好一陣子，終於接受了這個事實，然後轉身去按對面的門鈴。

兩分鐘過去，顧尋沒有來開門。

完了，全他媽完了。

岳千靈抱著她的煲仔飯，呆滯地愣在原地。

剛剛該不會是聽錯了吧。

顧尋根本沒回來。

說不定又是夜裡兩、三點才回。

那她要怎麼辦？

而且，就算等到他半夜回來，就能打開她的門嗎？

換鎖！

明天就換鎖！

再也不用什麼密碼鎖了！

岳千靈想得正悲愴，門突然打開，她連忙抱緊煲仔飯退了兩步。

再抬頭，目光瞬間定住。

顧尋頂著一頭濕漉漉的頭髮出現在岳千靈面前。

目光相撞的那一瞬間，髮梢上一滴水從他漆黑的眼眸前落下，同時也晃了岳千靈的眼睛。

他一隻手撐著門把，半偏著腦袋，眼神有點無奈。

「妳怎麼——」他往下看了一眼，視線觸及到她領口的蕾絲邊時倏地收回，眼裡卻染上了點笑意，「總在我什麼都沒穿的時候來敲門？」

「……」

岳千靈看他頭髮是濕的就猜到他剛剛是在洗澡。

但倒也不必把話說得這麼色情。

沉默片刻，岳千靈抱緊了煲仔飯看著他。

「我的密碼鎖沒電了。」

「嗯？」

顧尋驚詫地抬了抬眉梢，視線越過她，看了那扇門兩眼，隨後邁腿走過去。

碰了兩下，果然沒有任何反應。

他回過頭，看向穿著睡衣一臉可憐的岳千靈，毫不掩飾自己的笑意。

岳千靈現在束手無策，也沒辦法跟他計較，訕訕地問：「你能不能幫我問一下房東，有什麼辦法？」

顧尋慢悠悠地朝家裡走，和岳千靈擦肩而過時，順勢抓住她的手腕，把她帶進家裡。

「先進來。」

進屋後，岳千靈規規矩矩地坐在沙發上，生無可戀地盯著煲仔飯。

還好明天是週末，不然她真的不知道要怎麼去上班。

顧尋則拿了條毛巾坐到她身旁，隨意地擦著頭髮，另一隻手撈起手機，撥通了房東的電話。

『啊？沒電了？妳沒記得換電池嗎？』

「……忘了。」岳千靈感覺很丟人，聲音一點氣勢都沒有，說著說著還低下了頭，「我能找人開鎖嗎？」

『當然不行！』房東的聲音突然拔高，差點把岳千靈送走，『這密碼鎖要是開了就廢了，要換新的。』

岳千靈皺著眉想了一下，又問：「那我換新的要多久？」

『換倒是不慢，但是妳大晚上哪裡有人來幫妳換啊。而且我的鎖是剛買的新的，三千多呢，如果妳要換，要換個相同價位的啊。』

「……」岳千靈垂著腦袋，悶悶地「哦」了一聲。

房東又問：『妳的備用鑰匙呢？』

岳千靈：「當然是放在家裡了。」

說到這裡，她的雙眼突然亮了亮。

可是下一秒，便又暗淡了下來。

她為了以防萬一，確實放了一把鑰匙在印雪那裡。

可是好巧不巧，她今晚去了杭州。

把手機還給顧尋後，岳千靈垂著腦袋，重重地嘆了口氣。

「嘆什麼氣，換個鎖不就行了。」

顧尋緩慢地擦著頭髮，語氣輕鬆得岳千靈想打他。

「三千多不是錢？」岳千靈瞪他一眼，又說道，「我再打個電話。」

見她撥號，顧尋稍微坐直了些，湊到她耳邊問，「打給誰？」

岳千靈：「我大學室友。」

聞言，顧尋淡淡地「哦」了一聲，「妳要去妳室友家住？」

「她人在杭州，我住什麼住。」

岳千靈不想解釋太細，直接把手機重新拿到他面前，「解一下鎖。」

顧尋沒接，也沒看她，拿起遙控開了電視，漫不經心地說：「零八一四。」

「噢。」

就「噢」？

顧尋側頭，想說什麼，卻見岳千靈已經滑開螢幕開始撥號，似乎根本不在意那個密碼是什麼。

當初大一進校，整個寢室一起換門號，只有後四位數不一樣，所以岳千靈記得印雪的電話號碼。

幾秒後，電話接通。

『哪位？』

「是我。」

聲音一出來，印雪就知道是誰了。

『妳怎麼拿個宵夜這麼久？快！跟我說說顧尋是怎麼回事？哦不對，妳怎麼換了號碼？』

岳千靈捂了捂聽筒，急切地說：「先別問這些了，我的密碼鎖沒電了，拿個宵夜就被困在外面了。妳什麼時候回家？我現在只能靠放在妳家裡那把鑰匙了。」

『啊？』印雪被突如其來的變故打消了八卦的念頭，認真思索起來，『我姐姐明天婚禮，我訂的是禮拜天晚上的機票，我是真的沒其他辦法。』

岳千靈：「……」

澈底完了。

掛了電話，岳千靈生無可戀地看向顧尋。

滿臉寫著「現在怎麼辦」五個大字。

而顧尋卻懶洋洋地靠在沙發上，側著頭頭，直勾勾地看著岳千靈，也沒說話。

兩人就這麼安靜地對視著。

一秒、兩秒、三秒……

在靜謐的氣氛中，顧尋的眼神裡傳達的意思越來越明顯，也讓岳千靈感覺四周空氣都在升溫。

忽然，他抬起一隻手，撐著頭，勾著唇角，笑得有點妖孽。

「妳喜歡睡床還是睡沙發？」

聲音低沉，卻足夠她聽清楚。

岳千靈：「……」

果然。

其實她一開始根本沒往這個方向去想。

顧尋這麼一說，她仔細思考一下，好像確實也沒別的解決辦法了。

只是他嘴角的笑和低沉的嗓音，讓岳千靈沒辦法將此刻當成普普通通的收留事件。

她感覺自己的臉頰有些發燙，於是別開臉，嚴肅地說：「我喜歡睡沙發。」

「好巧。」顧尋拖長了尾音，一字一句道，「我也喜歡。」

「……」

一旦接受了這個現實，岳千靈也沒什麼好糾結的了。

難不成她還要為了避一下男女之嫌一個人流落街頭嗎？

況且，在她心裡，目前也沒有比顧尋家更安全的去處。

於是她認命地點了點頭，拆了飯盒，準備吃飯。

剛拿起筷子，吹乾頭髮的顧尋安靜地坐到岳千靈身旁。

雖然他沒有說話，但在這靜謐的客廳裡，存在感一點也不弱。

岳千靈清晰地意識到她要在顧尋家裡住上一晚，甚至兩晚，是個什麼概念。

更何況，他們現在好像不是普通朋友的關係。

因此，岳千靈渾身的感官細胞突然變得特別靈敏。

即便兩人隔著一個抱枕的距離，岳千靈還是能聞到他身上的沐浴乳香味。

吃兩口飯的功夫，她的餘光瞥了顧尋好幾次。

「看電影嗎？」顧尋突然問。

「嗯？」岳千靈回神，視線亂撞，下意識「噢」了一聲，「現在？我穿著睡衣呢。」

「又沒要妳出去。」

顧尋拿遙控選了點單模式，直接切換到驚悚片分類。

「選一個？」

岳千靈：「……」

哪裡有擺好驚悚片讓女孩子選的？

她隨便指了個看起來不那麼嚇人的封面。

「第一排中間那個。」

顧尋「嗯」了聲，直接點開。

電影一開始出現的畫面挺和諧，是一家三口開車去樹林裡露營，風景優美，配樂輕緩。

岳千靈卻無法安心地看劇情。

雖然顧尋一直沒有說話，專心地看著電影，但他的呼吸聲近在咫尺，一輕一重，無時無刻不在提醒著岳千靈他們孤男寡女獨處一室。

越是想這一點，岳千靈就越是心猿意馬。

明明開了冷氣，她卻感覺很熱，連手心都隱隱有出汗的跡象。

突然，她感覺到顧尋抬起手臂，正朝她靠來。

岳千靈下意識後背一僵，感覺他似乎是要摟住自己。

下一秒，顧尋手肘一彎，靠在岳千靈身旁的沙發背上，腕關節撐住太陽穴。

岳千靈：「……」

一口氣又鬆了下去。

過了一陣子，顧尋突然放下手臂，整個人朝岳千靈靠去。

「……」

她的呼吸倏然一緊，手指突然攥緊裙擺。

而顧尋卻只是俯身過來伸手關了她身旁牆壁上的燈。

媽的。

雖然鬆了口氣，但岳千靈感覺自己快受不了這樣的刺激了。

可是光線暗下來的那一瞬間，顧尋並沒收回手。

他就著這樣的姿勢，一垂頭，清晰地看見岳千靈輕顫的睫毛。

和她身上淡淡的香味。

兩人的距離只有不到一個拳頭，呼吸緊緊交纏著，頻率越來越快。

岳千靈的心又重新懸到了嗓子眼。

片刻後，顧尋滾了滾喉結，低聲問：「妳怕嗎？」

分明只是再正常不過的三個字，可是這樣的距離下，落到岳千靈耳裡，總像有其他意思一般。

她下意識抬起下巴，誰知卻讓兩人距離更近。

彷彿嘴唇那一片肌膚都能感知到他下巴的溫度。

岳千靈趕緊垂下頭。

「……不怕。」

「噢……」

顧尋懶洋洋地坐了回去，兩人距離一拉開，岳千靈感覺呼吸都順暢了許多。

「那妳剛剛緊張什麼？」

岳千靈緊緊抿著唇沒說話。

害怕一開口，就暴露自己的想法。

氣氛又重新鬆了些。

顧尋靠著沙發，幾次朝岳千靈看去。

然而她彷彿沒感覺到他的視線似的，專心致志地盯著電視，眼睛都沒眨一下。

於是，顧尋拍了拍自己身旁的位子。

「妳坐過來一點。」

岳千靈直直地盯著電視。

「我不怕。」

「噢。」

片刻後，顧尋坐到她身旁，褲子和她的裙擺緊緊相觸。

「我怕。」

第十九章　酒窩

自從顧尋坐過來，岳千靈的心思就再也沒集中到電影上。

男生的身體似乎天生就格外硬一些。

兩人的腿不鬆不緊地貼著，距離沒有過火，還隔著兩層衣服，可岳千靈也能清晰地感覺到他身體傳來的溫度。

客廳的冷氣溫度開得並不低，岳千靈不知道是他的體溫比較高，還是自己的體溫更高。

因此，電影雖然不嚇人，但岳千靈的神經卻在不知不覺中緊繃起來。

她盯著螢幕，希望趕緊出現一些刺激的場面來轉移她的注意力。

但是她沒預料到，這部電影之所以歸為驚悚片，是因為它沒有正面的鬼怪形象出現，以各種靈異事件營造恐怖氣氛。

加上夏夜風大，窗戶時不時發出吱吱呀呀的聲音，無形中為這部電影加重了陰森的效果。

電影畫面中，主人公的手機不停接到陌生來電，接通後沒有人說話，耳邊只有陣陣陰風。

就在這時，客廳裡也響起了詭異的震動聲音，和電影同步。

岳千靈渾身一激靈，看見顧尋的手機螢幕亮起，打來了一個沒有備註的來電。

她的手臂突然起了一層雞皮疙瘩，太陽穴繃得尤其緊。

幾秒後，震動還在繼續，而顧尋似乎完全投入了電影劇情，一點反應也沒有。

岳千靈忍不住用手肘碰了碰他，「你的電話。」

顧尋從電影中抽了點注意力到手機上，輕輕帶過一眼，又撐著頭看向電視。

「妳接。」

岳千靈渾身一激靈，憋著氣，咬牙說道：「顧尋，你好膽小啊，真的這麼怕？」

「嗯？」

顧尋側過頭看她一眼，眸子裡有淺淺的戲謔笑意。

在岳千靈緊張的注視下，他俯身撈起電話，接通後放到耳邊。

「哪位？」

電話裡沒有聲音。

正好一陣風又吹得窗戶作響，有點嚇人。

顧尋的笑意漸漸收斂了。

「有人嗎？」

對面還是沒回應。

顧尋清了清嗓子。

「說話。」

「……」

一聽這架勢，岳千靈知道電話那頭沒人說話，一想到電影情節，她的太陽穴突突地跳，一把抓住顧尋的左手。

氣氛突然凝固。

電話那頭依然沒聲音，顧尋徐徐側頭，看向自己的左手。

昏暗的螢幕照射下，岳千靈雖然看似鎮定地盯著電視，右手卻緊緊握著他，手指還不安分地摩挲著他的手背。

顧尋突然管不了電話了，他低聲道：「岳千靈，妳故意的？」

岳千靈眉心驟然一跳，視線往下一瞥，連忙鬆手。

但她的指尖還沒抽出來，又被他握住。

並且，手指穿過她指間的縫隙，緊緊扣住。

「妳真貼心，」顧尋緊緊看著她，嘴角噙著笑，一個字一個字地說，「知道我害怕。」

「……」

電話那頭的印雪把這段對話完完整整聽了過去，突然感覺自己打來得很不是時候。

她剛剛才下車回酒店，想起岳千靈的事情，還是覺得有些不放心。

被困在外面了，那晚上怎麼辦呢？

又是找誰借的電話？

思及此，印雪立刻回撥。

當男人接通的那一刻，她愣住了。

雖然聲音不熟，但第六感卻強到可怕。

她知道，此時說話的是顧尋。

出於震驚，她一時間沒想到怎麼開口，便沉默著。

沒想到接下來的幾秒，讓她意識到更震驚的一件事。

岳千靈此刻在顧尋家。

印雪不知道怎麼形容自己的感受，也消化不了這樣的情況。

但即便這樣，她也沒忘記作為一個閨蜜的基本素養。

於是持續沉默兩秒後，她掛了電話。

聽筒裡響起嘟嘟聲。

顧尋心裡突然有點發毛。

岳千靈見狀，心裡也害怕，戰戰兢兢地問道：「怎麼了？誰？」

顧尋皺了皺眉，拿下手機，瞄了來電號碼一眼。

發現和上一通撥出去的號碼一樣後，他倏地鬆了口氣。

然後關上螢幕，極淺地勾了勾唇。

「不知道，對方沒說話。」

感覺到岳千靈的緊張，他嘆了口氣，補充道：「怪可怕的。」

「……」

岳千靈的手突然握得更緊。

但岳千靈是不可能承認自己害怕的。

即便電影劇情越來越陰森。

她的雙眼雖然盯著電視，腦海裡卻一直想著剛剛那通電話。

越想越覺得不對勁。

作為一個堅定的唯物主義者，她即便害怕到了極點，也想弄清楚怎麼回事。

一遍遍的回想中，匆匆掃過的那一眼電話號碼突然躥進腦海裡。

那熟悉的號碼開頭……

噢。

岳千靈突然醍醐灌頂。

是印雪。

是她回撥了電話。

大概是聽到了陌生男人的聲音，所以她才沒說話。

思及此，岳千靈一顆心突然重重沉下。

靜謐的環境裡，顧尋敏銳感覺到她的情緒變化。

轉過頭問：「怎麼了？」

岳千靈本想說剛剛那通電話是印雪打來的。

話到嘴邊，她卻感覺到掌心傳來的溫度，和真實的觸感。

這種感覺像一顆攀附著神經的藤蔓，不知不覺操控了她的意識。

「沒什麼。」

兩人沒再說話。

當電影進入真正的恐怖高潮，而兩人緊握的雙手，亦沒有分開。

岳千靈想，她確實是因為害怕吧。

但也，確實不想鬆開。

十二點，電影進入尾聲。

一隻主人公收養的小狗能感覺到超現實的東西，帶著主人公走出這片詭異的樹林，生活又歸於平靜。

劫後重生的主人公們開心地驅車回家，並表示再也不要來這種地方露營，並且要好好對待這隻救命恩狗。

卻沒有人發現，坐在後排的小狗竟然露出了詭異的神情。

螢幕黑了。

然後自動切回電影選單，色彩變得鮮豔。

結尾雖然細思極恐，但岳千靈完全不在意。

她此刻所有的感官細胞都在和顧尋交握的那隻手上。

她難以相信，他們居然就這樣親密地看完了一整部電影。

這時客廳裡安靜得連電視聲都沒有，只剩兩人的呼吸聲。

岳千靈感覺顧尋一動也不動的，便緩緩側過頭看他。

他也盯著螢幕，眼睛不眨一下，似乎還在想結尾那個劇情。

忽然，他眉梢微抬，不知想到什麼，側頭看過來。

跟岳千靈的目光對上。

原本想說的話他沒有再說，就這麼看著她。

岳千靈想起，曾經有人說過，和一個異性對視三秒，就足以產生情愫。

更何況，是面對這樣一張臉，當然一眼就讓她怦然心動的臉。

她不知道自己和顧尋就這樣對視了多久，好像沒什麼原因，都沒移開目光。

只是她的胸腔越來越充脹，渾身血液開始升溫。

岳千靈感覺再這麼看下去，等於把她所有的情緒和想法全明明白白地攤開在顧尋面前。

於是她清了清嗓子，移開視線，問道：「你……還在想這個劇情？」

「這麼扯淡的劇情有什麼好想的，」他垂眼，輕笑。下一秒，目光又重新落在岳千靈臉上，「我在想──」

話未說完，岳千靈垂眼，掩蓋住自己慌亂的視線。

「劇情哪裡扯了？不是很好嗎？」

顧尋沉默片刻，語氣又重新恢復漫不經心。

「一隻狗能那麼聰明？智商這麼高當什麼看門狗，怎麼不去當警犬？」

「哦，是嗎，那你的智商也挺高的你怎麼不去當警犬。」

顧尋：「……」

話題一轉，岳千靈感覺氣氛鬆了些。

沒那麼灼熱了，有了呼吸的空間。

於是，她一點點地抽出自己汗津津的手。

本來開始得就晚，和顧尋胡扯了一陣子，眨眼便過了淩晨十二點。

岳千靈感覺必須結束和他的單獨聊天，不然深更半夜，孤男寡女。

誰知道會發生什麼。

於是她起身，故作睏倦地打了個哈欠。

「我要睡了，你這裡有新的牙刷嗎？」

顧尋沉沉地看她一眼，隨後起身，去櫃子裡翻出新牙刷和新毛巾。

因為出來時岳千靈洗過澡，所以她只刷了牙，洗了個手，便準備睡覺。

回到客廳，卻發現顧尋坐在沙發上，旁邊放了一床薄被。

岳千靈知道他是什麼意思。

但她無法這麼坦然地接受——因為收留她，顧尋自己要睡沙發這個道理。

而且他這段時間每天忙到那麼晚，中途還抽空送她回家。

岳千靈有點不忍心讓他睡沙發。

「我睡沙發吧。」岳千靈說。

顧尋像是聽到什麼好笑的事情，眼尾揚起，嘴角笑得肆意。

「我讓我正在追求的女生睡沙發，以後要是說出去，我還做人嗎？」

「……」岳千靈垂了垂眼，「沒關係，我睡沙發可能睡得好一些，我認床。」

「認床啊……」顧尋認真地想了想，「那妳要儘早習慣一下。」

「……隨你。」

岳千靈轉身往他的房間走。

但是推開門的那一瞬間，她想起另一件事。

雖說接下來兩天是週末，她正好也不需要加班。

但她不知道會不會有什麼臨時的急事。

萬一到時候找不到她，耽誤了工作進度就不好了。

但是……

她現在拿不到自己的手機，就沒有辦法在任何設備上登錄自己的社交軟體。

目前只有顧尋能成為她和公司聯絡的橋樑。

可是要怎麼說？

讓顧尋去跟同事們說一聲，她回不了家，拿不到手機，有事就直接找他轉達？

這樣好像很容易讓人想入非非吧。

岳千靈躊躇轉身，遲疑地看向顧尋。

顧尋遙遙望著她，半天沒等到下文，懶洋洋地坐了起來。

「行了，妳直說吧。」

岳千靈花了兩秒醞釀措辭，但還沒開口，卻見顧尋已經坐直了，直勾勾地看著她。

他偏頭，撩了撩眼，「是不是不敢一個人睡？」

已經過了淩晨，這個時候通知同事也於事無補。

說不定還打擾別人休息，索性明天再說吧。

岳千靈這麼想著，卻無法安然入睡。

即便閉上眼，她腦海裡的意識也非常清晰。

——此刻，她正躺在顧尋的床上。

身下的床單，身上蓋的被子，就連枕頭，全都有屬於他的氣息，彷彿被他環抱著一般。

岳千靈從來沒想過一個人躺著，也能如此不鎮定。

閉眼半晌都沒有睡意，她索性睜開眼，打開床頭落地燈，一遍遍打量他的房間。

和她堆得擁擠的房間不同，他家裡好像沒什麼東西。

就連桌上，也只是擺了兩臺電腦，以及一堆專業書。

此時的客廳，顧尋也沒睡覺。

他看著門縫滲出的光亮，抬了抬眼，想過去再跟她說點什麼。

這時，桌上的手機又震動。

這次有來電顯示，是宿正。

不過他這個時間打電話能有什麼事？

顧尋的第六感很強烈。

他看了房間門一眼，才撈起手機往陽臺走去。

接通電話，宿正直接問道：『還沒睡呢？』

「嗯，什麼事？」

『噢，你跟岳千靈不是鄰居嗎？』宿正說，『她今天晚上一直沒回我訊息，打電話也不接，所以有點擔心她是不是出了什麼事，你知道她現在在哪嗎？』

果然是岳千靈的事情。

顧尋垂眼看著樓下的路燈，淡淡說道：「她沒事。」

話音落下，電話那頭沉默了半晌。

『那……』

顧尋回頭看著房間門，不急不緩地說：「她的手機被鎖在家裡拿不到，現在人在我家，已經睡了。」

宿正花了好幾秒消化這句話的資訊內容。

再開口時，嗓音變得很沉。

『你們……在談戀愛？』

顧尋沉默片刻，才開口。

「還沒呢。」

還、沒、呢。

這三個字的資訊量比剛才那句還大。

電話那頭的宿正沉默了一下，突然笑了笑，直接跳過這個話題。

『哦，她沒事就好，那她什麼時候能拿到手機？』

「不確定，最快也要週末下午。」

『這樣啊……』宿正嘆了口氣，『那麻煩你問問她，明天能不能來公司一趟？』

「明天？」顧尋挑眉，「明天不是週末嗎？」

『是這樣沒錯，我今天本來準備傳線稿說明給她的，不過衛翰看了草圖，覺得還需要改一些地方。』宿正頓了頓，又說，『你也知道美術部門在趕進度，本來想讓她這兩天在家改改，現在她沒有手機，還挺不好辦的，只能麻煩她來一趟公司了。』

顧尋回頭，見房間門縫的燈光還沒暗，便說道：「好，我等一下跟她說。」

說完，他準備掛電話。

『等等！』宿正又叫住他，『她不是沒手機嗎，路上不方便，你給我地址吧，我中午接她。』

「……不用。」顧尋朝房間門走去，「她是沒手機，不是沒腿。」

掛了電話，顧尋見光亮還在，便起身敲門。

「睡了嗎？」

下一秒，門縫裡的光立即暗了。

床上的岳千靈下意識拉起被子蓋住半個腦袋，朝外喊道：「睡了！」

「……」

顧尋又敲了兩下門，「沒說要陪妳睡，跟妳說個正事。」

好一陣子，房間裡才傳來輕微的腳步聲。

岳千靈拉開一條門縫，探著腦袋出來，「什麼事？」

「宿正說妳的草圖需要修改，問妳明天中午能不能去公司一趟。」

岳千靈沒露出厭煩的表情，幾乎是立刻點頭：「去啊，沒問題。」

顧尋垂眸看著她亮晶晶的眼睛，幾不可聞地嘆了口氣。

「行吧。」

「可是……」岳千靈低頭看了看自己身上穿的睡衣，「我突然想到，明天去的話，我穿什麼？」

「這個不用妳操心。」顧尋突然伸手，推了推她的額頭，「去睡，早上叫妳。」

不知道是因為晚上的驚悚片餘威太大，還是這房間處處透露著顧尋的氣息。

岳千靈無可避免地失眠了。

沒有手機在身邊，她也不知道自己幾點睡著的，印象中似乎看到了透過窗簾的晨曦。

第二天自然醒來時，天光已經大亮。

岳千靈迷迷糊糊地坐起來，下床拉開窗簾，見豔陽灼灼，睡意突然消失得無影無蹤。

她立刻轉身朝外走去。

推開門的那一瞬間，看見顧尋坐在客廳裡，岳千靈才鬆了口氣。

顧尋還在，說明她沒睡過頭。

再抬頭看了時鐘一眼，竟然已經十一點了。

「醒了？」

桌上擺了些吃的，還冒著熱氣，顯然剛買回來。

顧尋朝她抬了抬下巴，「吃了飯送妳去公司。」

岳千靈點點頭，朝他走去。

經過沙發時，看見上面放了一個新的購物袋。

明明昨晚還沒有。

她停下腳步，彎腰看了一眼。

沒有拿出來細看，就知道是什麼。

「你早上出門買的？」

「嗯。」顧尋看著她，「試試？」

「有什麼好試的，不合適也只能穿。」

雖然這麼說著，岳千靈還是拿著衣服進了房間。

早上開門的商店不多，顧尋去了最近的商場，也沒什麼時間挑選，直接買了一件短袖和長褲，以及一雙球鞋。

但意外的是，大小竟然正合適。

「你竟然猜中我的尺碼了？」岳千靈理著褲管，不可思議地問，「腰的大小居然也剛好。」

顧尋正喝著豆漿，漫不經心地說：「又不是買內衣，有什麼是靠目測算不準的。」

「……」

岳千靈徐徐抬頭，冷眼盯著他。

顧尋感覺到岳千靈的眼刀，喉結滾了滾，面不改色地說：「妳當我放屁。」

寄人籬下，岳千靈決定不跟他計較。

兩人十一點四十到了公司。

雖然是週末，公司裡依然有不少人在加班。

宿正正在公共辦公區跟易鴻聊著什麼，聽到有人跟岳千靈打招呼，一回頭，卻見顧尋居然也來了。

他垂了垂眼，掩飾住眸子裡的一抹異樣，隨即抬頭跟岳千靈笑著打招呼。

「來了？衛翰在辦公室等妳，妳直接過去找他吧。」

岳千靈點點頭，直接朝轉角處走去。

而顧尋則在易鴻身邊隨便找了個位子坐下。

他今天休息，來了也沒什麼事，準備看看易鴻的程式碼進度。

宿正站在易鴻的另一側，當顧尋坐過來時，他便有些心不在焉。

他悄無聲息地偏頭，看了顧尋一眼，然後又轉頭看著岳千靈的背影消失在走廊盡頭。

片刻後，他眉頭輕蹙，垂下眼簾。

因為中午才到公司，岳千靈和衛翰沒聊幾句便到了午飯時間。

為了爭取時間，衛翰直接把午餐拿到辦公室，兩人邊吃邊聊，半個小時後便說通了草圖的修改問題。

岳千靈一個人回了手遊部門。

今天難得整個美術小組都沒加班，岳千靈一個人坐在空無一人的辦公區，清靜自在，效率也高。

五點半，她把修改過後的草圖提交上去，隨即起身又去了第九事業部。

這個部門的工作時間真的很隨意，中午來的時候只有十幾個人，到了五、六點，人數反而翻了一倍。

經過開發部門時，岳千靈隨意一瞥，正好看見顧尋坐在那裡專注的看著電腦。

今天天氣特別好，時近黃昏，霞光萬丈。

岳千靈不知不覺頓住腳步，視線遙遙穿過辦公區，落在顧尋臉上。

熔金般的餘暉透過窗戶灑在他臉上，將他的輪廓綴上一層細碎的金光。

第一次，岳千靈如此大膽地打量著顧尋。

不像從前，她好像只能在遠處偷偷看著他。

而現在不知為何，她心裡莫名有一股底氣，再也不怕顧尋發現她的注視。

好幾秒過去，岳千靈沒有動。

直到宿正在會議室門口叫她。

「岳千靈，過來一下。」

她倏然回神，朝宿正走去。

岳千靈轉身的同時，顧尋也聽到動靜，回過頭，目光一直跟在她身上，直到她進了會議室。

宿正找岳千靈還是談西格莉德的事。

趁著有時間，他詳細地跟她講解了自己關於線稿設計的一些想法。

這種天馬行空的東西一旦聊開了，話題就容易跑遠。

宿正本身也是想像力豐富的人，聊著聊著，就說到他曾經被斃掉的創意。

說到有趣的地方，岳千靈靠著椅子笑得花枝亂顫。

還好會議室隔音效果好，不然整層樓都將迴盪著岳千靈的笑聲。

但聽不見，不代表看不見。

沒多久，一道敲門聲響起，打斷了岳千靈和宿正的話題。

岳千靈回頭，透過落地玻璃望出去，見敲門的是顧尋。

門被推開的時候，她嘴角的笑意還來不及收斂。

顧尋淡淡地掃了她一眼，隨後看向宿正。

「行政要訂晚飯了，問你吃不吃。」

凡是加班，公司的行政都會幫他們訂餐。

宿正聞言也不意外，只是轉頭問岳千靈，「要不然吃了再走吧？衛翰馬上就有空了。」

岳千靈點頭：「好。」

「吃什麼？」顧尋偏頭看向岳千靈，眼神裡毫不掩飾自己此刻的情緒，「點份西湖醋魚？」

「……」

岳千靈垂眸，勾起唇角。

「不用了，我暫時不想吃魚。」

從會議室出來，岳千靈依然壓不住唇角的弧度。

雖然這麼想並不厚道，但是當顧尋赤裸裸地把自己「吃醋」的情緒展露到她面前時，她確實感受到濃厚的，被在乎的感覺。

唉。

可惜吃的是飛醋。

吃醋也不看對象。

岳千靈一面想著，一面朝茶水間走去。

她接了半杯溫水，剛喝一口，就見顧尋朝她走來。

預料之中的事情。

沒什麼邏輯，岳千靈就是知道他一定會過來找她。

思及此，岳千靈嘴角的笑意止不住地加深，那對酒窩淺淺地露了出來。

而顧尋卻沉著臉，看見她酒窩的那一瞬間，想說的話突然壓了回去。

每次和宿正待在一起都這麼開心嗎？

顧尋想了想，好像岳千靈和他獨處的時候，也沒有笑成這樣。

她垂著眼睛，不知道在想什麼，也不說話。

顧尋看著她自顧自地笑著，突然覺得那對酒窩格外刺眼。

忽然，他伸手掐了掐岳千靈的酒窩。

岳千靈立刻別開臉，沒看他，只是盯著地面。

「你幹什麼呀。」

顧尋什麼都沒說，緊緊看著她。

岳千靈當然知道顧尋的視線落在自己身上。

不知道如何回應，嘴角笑意便越來越深，雙頰酒窩若隱若現殊不知，她此刻蕩漾的表情在顧尋眼裡有多礙眼。

片刻後，岳千靈張嘴說話。

「宿正他——」

話未說完，下巴突然被人捏住。

下一秒，顧尋靠了過來，雙唇拂過她的酒窩，停留片刻，便挪到她耳邊。

「別笑了。」

他的聲音很低，強硬中又帶了點委屈的感覺。

導致岳千靈感覺自己在夢裡，分不清顧尋剛剛……是不是吻到她的臉頰。

第二十章　狐狸精

岳千靈從未如此清晰地聽到自己的心跳聲。

鼓著耳膜，一下又一下，彷彿要衝破胸腔。

偏偏茶水間這樣安靜，岳千靈懷疑連顧尋都能聽見她的心跳聲。

不知道過去多久，岳千靈一直沒有動靜，就這麼直挺挺地站著，像一尊雕塑。

只是她能感覺到自己渾身的血液在持續升溫。

見她嘴角刺眼的笑總算是消失了。

顧尋鬆開手，徐徐站直了，定定地看著她，舔了舔唇角。

這個小動作落在岳千靈眼裡，莫名有點色情，再對上他的眼神，連心跳聲都聽不見了。

幸好這時有腳步聲傳來。

岳千靈捧著杯子，一轉頭，見宿正朝著他們走來。

見兩人在茶水間面對面站著，神情似乎有些不自然。

主要是岳千靈，臉紅得像熟透的蘋果。

簡直是人間紅富士。

宿正怔了片刻，視線飛速在兩人之間掃了一圈，隨後鎮定地說：「晚餐到了，過來吃飯啊。」

岳千靈傻傻地點頭，「好。」

她跟著宿正走了兩步，突然想到什麼，停下腳步回頭。

顧尋還站在那裡沒有動，看著宿正的背影，似乎在想什麼。

岳千靈突然心頭一癢，沒什麼理由，伸手像顧尋捏她的下巴那樣，拇指扣住他的下巴。

顧尋沒避開，順勢垂下頭。

「幹什麼？」

他這樣的舉動，讓岳千靈的手指被動滑過他的下巴，像是在摸他一般。

指尖突然顫了顫，但岳千靈不想表現得很沒膽，所以即便心如擂鼓，卻還是一字一句道：「美女的事情你、少、管。」

「沒呢。」顧尋雖然凝視著她，語氣冷冷淡淡，「就是看他這麼會討美女歡心，有點羨慕。」

「……」

還是一股酸味。

算了。

岳千靈也不知道自己在跟他解釋什麼。

她和宿正本身就是普通的同事關係，何況她現在沒有立場，也沒有必要跟顧尋解釋什麼。

思及此，岳千靈鬆開手，輕哼一聲，

轉身離開時，不輕不重地嘀咕道：「一個大男人，心眼這麼小。」

顧尋聞言，嗤笑了聲，沒有立刻跟上去，而是幫自己倒了滿滿一杯冰水。

離開茶水間，岳千靈發現宿正還沒走遠，他聽到岳千靈的腳步聲，回頭朝她笑了笑，放慢腳步。

其實宿正平時總是這樣，溫和笑著對人。

他對每個人都是這樣，接觸的這段時間，如此高壓的工作，岳千靈也沒見他對任何人發過火。

除了那天他生日，有了稍微過密的舉動外……

正想著，岳千靈不知不覺已經走到宿正身邊。

他側頭見岳千靈出神，便問道：「想什麼呢？」

「沒什麼。」岳千靈擺擺頭，「在想線稿的事情。」

宿正：「嗯，有什麼地方不明白嗎？」

「沒，我要問的今天下午都已經問完了，這時只是在構思。」

「好。」宿正直視著走廊前方的玻璃，眨了眨眼睛，語調突然一揚，「那我問妳一個問題唄。」

岳千靈回頭：「什麼？」

宿正的視線落下來，深深看著她，幾秒後，才說：「妳跟顧尋……是什麼關係？」

「我跟他？」

岳千靈眼神凝滯片刻，突然有點不知道該怎麼說。

普通朋友嗎？

這麼說好像有點心虛。

見她遲疑，宿正便直接問：「男女朋友？」

「不是不是。」岳千靈立刻搖頭。

否認過後，她卻覺得不對勁。

她默了默，又低聲說：「你怎麼——」

「阿正！快來！」

岳千靈的下文還沒說完，突然有個人在走廊盡頭大聲喊宿正，語氣還挺急。

宿正瞬間轉移了注意力，大聲應了那人，又轉頭對岳千靈說：「行，知道了。」

說完，也沒別的話就一路小跑過去。

留下岳千靈站在原地，一下一下地眨著眼睛，有點不知所措。

怎麼連宿正都這樣問了。

明明她和顧尋在公司裡接觸也不多，甚至還沒她跟衛翰這些人待在一起的時間長。

宿正到底是怎麼看出來的？

整個晚飯時間，岳千靈都有點心猿意馬。

像是一個祕密露出了馬腳，快要被所有人發現了。

同時，她又特別想知道別人是從什麼細節看出來她和顧尋之間不普通的關係的。

在她的潛意識裡，這些細節就像包在糖果外面的一層紙。

——裡面是糖果，而這層紙揭開了，上面也會沾染上一層淡淡的甜味，讓人想要細細地舔一遍。

帶著這層疑惑，回去的路上岳千靈一直沒說話，心裡跟貓抓似的癢癢，忍不住偷偷打量顧尋。

可是這種事情恐怕顧尋也不能給她答案。

可能他自己都不知道。

唉。

岳千靈無聲地嘆了口氣。

吃完晚飯，岳千靈遇到了衛翰，一聊又是一個多小時。

回到顧尋家裡的時間比預料中晚了不少，月亮都露了臉。

岳千靈現在沒有手機，幾乎找不到事做。

而顧尋似乎有什麼事情要忙，一回來就進了房間。

岳千靈洗完澡出來，在客廳逛一圈，不想去打擾顧尋，自己打開電視找了部喜劇電影。

一看就是兩個小時，電影也不怎麼好笑。

結束後，岳千靈睏得眼皮打架，於是起身推開房間門，探頭進去。

顧尋坐在電腦前，專注地看著螢幕上密密麻麻的英文，並沒有發現岳千靈的存在。

她就這麼看了好一陣子，才低聲開口。

「你在幹什麼？」

「看文獻。」顧尋一隻手還放在滑鼠上，回過頭，上下打量岳千靈一眼，「怎麼了？」

「有點睏……」

岳千靈靠著門框，滿臉睏倦，「想睡了。」

「那妳先睡。」顧尋指了指桌邊的床，「我還有幾分鐘就看完了，妳就當我不存在。」

岳千靈：「……」

說得倒是輕鬆。

見她沒動靜，顧尋偏著頭笑，「怎麼，要我陪妳睡？」

岳千靈：「……你給我閉嘴。」

說完，她從顧尋手邊拿了本遊戲雜誌，打開窗邊的落地燈，躺下看書。

靜謐的深夜連風聲都很溫柔。

房間裡時不時響起空調換氣的聲音，和岳千靈翻書的動靜。

兩種聲音交錯，莫名和諧，沒人發現岳千靈根本沒看進去一個字。

也沒人發現，顧尋的滑鼠沒再滾動過。

直到一道鈴聲響起，打破此刻的安寧。

顧尋側頭瞄了來電顯示一眼，直接按了擴音。

隨後注意力又回到電腦上，漫不經心地說：「什麼事？」

『大喜事啊！我老婆懷孕了！我要當爸爸了！』

顧尋按鍵盤的手指一頓，眉梢染上笑意。

「嗯，恭喜。」

岳千靈的動作停滯，徐徐抬眼，轉頭看向顧尋的手機。

如果她沒聽錯的話，這個聲音是駱駝吧？

他居然要當爸爸了。

駱駝：『嘿我激動到睡不著，恨不得昭告天下，可是我老婆說沒滿三個月不能太招搖，對寶寶不好，唉，怎麼生個孩子這麼多忌諱。』

在駱駝的嘮嘮叨叨中，顧尋看完了文獻，正在關電腦。

駱駝：『欸對了，我打算翻字典取名字了，你有沒有什麼主意？』

聽著駱駝的話，岳千靈有點好奇，不知不覺坐了起來，拎了個抱枕塞在懷裡。

「這麼早？」電腦螢幕黑了，顧尋也往後一靠，揉了揉脖子，「取一男一女備選嗎？」

『對啊，我看很多人都是這樣。』駱駝說，『回頭還要找個算命先生算一下，唉，只是我覺得我的姓不太好聽，要是女兒的話，不知道能不能取個漂亮的名字。』

「急什麼，還有好幾個月的時間慢慢想。」顧尋說，「你喜歡女兒還是兒子？」

駱駝：『嘿嘿，當然是女兒，生個兒子來氣我嗎？』

「嗯。」顧尋垂下眼，笑了笑，「我也喜歡女兒。」

電話那頭的駱駝突然大笑起來：『你他媽連女朋友都沒有，想這些是不是有點太早了？』

仗著駱駝看不見，顧尋側頭看了岳千靈一眼，懶懶地說：「不是在追嗎。」

「……」

岳千靈的眼皮跳了跳，別開了臉。

駱駝：『你說得倒是挺輕鬆，人還沒追到連生孩子的事情都在考慮了，想什麼呢。』

岳千靈有點聽不下去了，不動聲色地伸腿，打算去一趟洗手間。

這時，顧尋又開口。

「是啊，這種事情……就算追到了也不是我做決定。」

他再次回頭，看向岳千靈，抬了抬眉，「是吧？」

「……」

岳千靈下床的動作頓住，臉一紅，拎著抱枕打一下顧尋。

這次顧尋早有預料，笑著躲了一下，卻撩著眼看過來。

目光在一瞬間轉換，不如剛才平靜，跳動著些許強橫的意味。

岳千靈還沒反應過來他的眼神是什麼意思，就見他飛快地掛了電話，隨即起身，兩步跨過來，抓住岳千靈的手腕，一隻腿半跪在床邊，俐落地將她反剪著雙手壓倒在床上。

一連串動作太快，岳千靈根本來不及掙扎，微弱的燈光就被他的身影擋住。

岳千靈眼前一暗，呼吸也屏住。

兩人就以這樣的姿勢一動也不動地看著對方。

窗外不知何時下起了潺潺小雨，淅淅瀝瀝的雨聲夾雜著兩人的氣息，在靜謐的房間裡交纏。

而耳膜裡，卻傳來清晰又強烈的心跳聲。

不知是誰的。

岳千靈睜著眼，看著顧尋漆黑如夜幕的眼睛，感覺到他的呼吸離自己越來越近。

直到他灼熱的氣息拂過鼻尖的那一剎那，岳千靈輕顫著閉上了眼。

下一秒，額頭落上一片溫熱。

像蜻蜓點水，很快又離開。

岳千靈的睫毛依然顫動著，在持續的寂靜中，睜開了眼。

兩人的目光在黑暗中交匯。

「下次再這樣，就沒這麼簡單了。」

他低沉的嗓音和清脆的雨聲產生了強烈的對比，輕輕鑽進耳朵，卻像燎原一般讓岳千靈渾身撩起酥麻。

感覺自己像被妖精勾引了。

而顧尋說完，便鬆開岳千靈的手，拂開她耳邊淩亂的頭髮。

「睡吧。」

「啪嗒」一聲，房間門關上，澈底隔絕了一室曖昧。

顧尋靠著門站了一下，客廳昏暗的燈光將他的身影拉得很長。

十七度的冷氣冷風不怎麼有用，吹不散夏夜的躁動。

他發現自己最近越來越奇怪，岳千靈稍微碰他一下，他就有點難以自控，總想動手動腳。

像得了肌膚饑渴症似的，每一根神經都很容易被撩動。

遐思在靜謐的客廳裡飄得很遠，顧尋久久沒動。

直到駱駝又打了一通電話過來。

他吸了口氣，接通電話的同時朝陽臺走去。

室內，燈光雖然已經熄滅，岳千靈卻依然睜眼未眠。

這怎麼睡得著。

房間裡的每一方空氣都還殘留著顧尋的氣息，時間像是被定格了，還停留在剛才那個瞬間。

額頭還有顧尋的餘溫，人分明已經走了，岳千靈躺在床上，卻依然能感覺到他單膝跪在床邊，俯身而來的壓迫感。

就連被他緊握過的手腕，還在燎起一陣陣的灼熱感。

這一整晚，岳千靈翻來覆去，毫無睡意，感覺自己被顧尋的氣息包圍著。

一閉上眼，感官更是被無限放大。

她就這樣聽著雨聲由弱變強，又不知不覺停息，整座城市重新歸於安靜。

直到天邊一抹亮光透過窗簾，劃破整個房間的黑暗，岳千靈終於有了倦意，徐徐閉上了眼。

不知睡到什麼時候，岳千靈又被敲門聲吵醒的。

她從被子裡探出頭，盯著那道門，迷迷糊糊地有些分不清自己在哪，好一陣子才喃喃說道：「醒了。」

顧尋顯然沒聽見，又敲了兩下門。

「醒了嗎？」

他的聲音隔著門傳進來，不似昨晚低沉喑啞，清越得像雨擊玉石。

岳千靈清醒了，但腦子裡卻開始迴盪他昨晚在她耳邊說的那句話。

整個人又陷入一陣旋渦。

「還沒醒？妳朋友說她已經拿到鑰匙，馬上就到社區門口了。」

直到這句話傳進來。

岳千靈整個人一激靈，猛地坐了起來。

印雪已經到了？

她恍然間揉了揉額頭，想到自己終於能摸到闊別兩天的手機，忙不迭起身。

換好衣服後，岳千靈穿上鞋子，三步並作兩步急著出去。

由於動作太快，穿過客廳時不小心和從洗手間出來的顧尋撞了一下。
岳千靈莫名心神一慌，很敏捷地停了下來。
說是撞，其實只是肩膀很輕碰一下他的前胸。
而顧尋卻「嘶」了一聲，眉頭輕蹙，隨即垂眼緊緊盯著她，說話的聲音裡帶了點調侃的意味。
「大清早的妳在幹什麼呢？」
岳千靈被他看得整個脖子以上的部位都有點發熱，連忙退了一步，才抬頭斜斜瞪他一眼。
「至於嗎，演得跟真的似的。」

印雪特地改了一大早的機票回來。
剛下飛機她變連忙回家，把行李一丟，連一口氣都沒歇就拿著鑰匙趕過來了。
可是到了社區門口，她卻不知道怎麼聯絡岳千靈。
思來想去，印雪翻出前天晚上接通過的電話，再次打過去。
沒想到接起來的還是顧尋。
更沒想到岳千靈竟然還在他家，而且這個時間了還沒起床。
烈陽下，印雪越想越覺得少兒不宜，閉眼深深吸了一口氣。

幾分鐘後，她終於看見岳千靈穿著一身運動服朝她跑來。

還不到中午十二點，岳千靈的眼下卻頂著著兩個淺淺的黑眼圈。

印雪看得皺起了眉頭，止不住地想像。

「妳怎麼了啊？兩晚沒睡嗎？累成這樣。」

岳千靈沒怎麼聽出印雪的話外之音，支支吾吾地說：「沒怎麼睡好。」

印雪半張著嘴巴，不知道怎麼接話。

確實。

印雪想了想，換做是任何人都睡不好。

她前天晚上還在擔心岳千靈一直回不了家會有什麼麻煩。

現在看來，最大的麻煩是顧尋。

岳千靈用手背遮了遮刺眼的陽光，挽住印雪的手，說道：「熱不熱啊？先上去喝口水吧。」

「哦，好。」

上樓後，印雪把鑰匙給岳千靈。

她埋著頭開門，而印雪則回頭看著對面的門，想像很多畫面。

這時，對面的門打開了。

印雪倏地往後退了一步。

顧尋走出來，看見印雪一直打量他，有點意外，但也沒多說什麼。

他朝她點點頭，腳步沒停，直接朝岳千靈走去。

只是經過印雪身邊時，她清楚地看著顧尋手裡拿的東西。

一件白色睡裙，皺巴巴的，還裹挾著一股淡淡的沐浴乳香味。

印雪抿了抿唇，沒說話。

岳千靈根本忘了自己的睡裙還留在顧尋房間裡，這個時候當著印雪的面送過來，她有點不好意思。

其實睡裙沒什麼，只是這會讓她聯想到昨晚的一幕。

思及此，岳千靈的神色有些不自然，接過後還欲蓋彌彰地把睡裙藏在自己身後。

然後沒看顧尋，聲如蚊蠅地說：「謝謝。」

岳千靈第一時間是把衣服放進洗衣機。

進了屋。

轉身走出來，卻見印雪用一種奇怪的眼神看著她。

她也不知道自己怎麼想的，下意識就說：「欸，不是，我那天是穿著睡裙被鎖在門外的。」

「噢……」印雪在沙發上坐了下來，「不必解釋，我懂。」

「……妳懂什麼。」

岳千靈直接轉身去冰箱拿了一瓶冰鎮礦泉水給她。

印雪喝了一小口，打量著岳千靈家的環境，看見陽臺上曬的男人衣服，眼皮又是一跳。

半晌，她清了清嗓子，低聲說：「妳說顧尋是不是有病，當初妳跟他告白他拒絕妳，現在又跟妳這樣那樣……」

「什麼這樣那樣？我們……」

岳千靈下意識否認，可是話到嘴邊，腦海裡再次浮現昨晚的畫面，聲音不自覺低了下去，「又沒有怎樣。」

「唉。」印雪嘆氣，「名言說得好，男人就是賤，古人誠不我欺啊。」

岳千靈噎了一下。

「……妳也不必這麼說他。」

「妳看，妳又在為他說話了。」

印雪不知道想到什麼，偷瞄了岳千靈兩眼，從她的脖子打量到腳，嘀嘀咕咕地說，「不就在他家裡睡了兩天，瞧這狐狸精把妳的魂給勾了。」

什麼勾不勾的。

岳千靈聽她的話總覺得不對勁，連忙說道：「欸不是，這兩天晚上我們——」

話沒說完，印雪就作勢捂住耳朵，「哎呀我不敢聽。」

「……行吧。」

岳千靈翻了個白眼，往房間走去。

「我去拿手機，先出去吃飯，慢慢跟妳說。」

「不吃了。」印雪喝了小半瓶水，解了渴，也站了起來，「我跟我表哥他們一起回來的，中午等我吃飯呢，要走了。」

她這麼說，岳千靈自然沒強留。

不過走到門口，印雪又鬼鬼祟祟地扒著門框回頭。

「千靈，注意安全啊。」

「我知道。」岳千靈拿出手機，這兩天堆了很多未讀訊息，她正忙著回覆，不太在意地說，「報過警備案了，每天也很仔細檢查門窗。」

印雪小小的聲音響起。

「我不是說這個安全。」

「……」

岳千靈抬頭，冷冷看向印雪。

「走啦！」

印雪連忙帶上了門。

走了幾步，她看到對面那道門，「嘖嘖」嘆了兩聲，隨即嘀咕了一句：「狐狸精。」

進了電梯後，印雪心不在焉地四處打量，手機突然響了起來。

自從上次買耳機和蔣俊楠認識，兩人一直有斷斷續續的聯絡。

今天下飛機的時候，她表哥說想買個電競筆電，讓她推薦一下。

印雪對這一類不太瞭解，想問岳千靈，想到她沒有手機，便去找了蔣俊楠。

到了這時，蔣俊楠才回訊息。

蔣俊楠：『我們都直接在宿舍裡裝桌電，筆電是用來跑程式碼的，電競筆電還真的沒瞭解過。』

印雪本來忘了這事，看他提起，也沒太在意，打算去問岳千靈。

緊接著，他又傳來訊息。

蔣俊楠：『等一下我問問顧尋，他可能比較懂。』

提到顧尋，印雪自然就想到了扶不上牆的岳千靈。

不久前她才知道岳千靈失戀，黯然神傷的樣子還歷歷在目，又想到現在的情況，印雪只覺得恨鐵不成鋼。

於是憤憤地敲鍵盤。

印雪：『別跟我提那個狐狸精。』

印雪走後，岳千靈花了十幾分鐘時間回覆這兩天堆積的消息，又跟爸媽講一下電話，模糊解釋一下這兩天的情況。

切回訊息時，駱駝已經在群組裡傳了好幾則訊息。

駱駝：『完了，全都完了。』

駱駝：『我老婆說她昨晚夢見生了女兒。』

小麥：『你不是喜歡女兒嗎？』

駱駝：『夢是反的啊！』

駱駝：『我要喜提一個債主了，唉。』

小麥：『哈哈哈那你可以不用想女兒名字了，反正你那個姓也取不了什麼好聽的。』

駱駝：『唉，沒關係，兒子也一樣，我現在就想一個響噹噹的名字！』

駱駝：『以後我兒子行走江湖，要有一個拿得出手的名號。』

岳千靈剛畢業，身邊還沒有同學朋友結婚生子，所以看著駱駝在群組裡說自己孩子的事情，莫名有一種自己要當阿姨的喜悅感。

她翻了個身，嘴角含著笑打字。

糯米小麻花：『駱駝，你姓什麼？』

駱駝：『郭。』

駱駝：『欸妳看起來比較有學問，要不然幫我想一個名字，最好聽起來跟郭靖一樣有大俠風範。』

小麥：『你是什麼意思？我看起來沒有學問？』

岳千靈只是好奇問一問，哪敢擔起幫別人兒子取名的重任。

糯米小麻花：『嗯，你兒子行走江湖，最重要的是以德服人，也要剛得起。』

糯米小麻花：『不如就叫郭德剛吧。』

駱駝：『？』

小麥：『哈哈哈哈，好名字。』

岳千靈笑了一下，正想繼續打字，肚子突然咕咕叫了兩聲。

睡到十一點醒，她到現在還沒吃過東西。

於是她打開外送軟體，準備點個午飯。

這時，有人在群組裡@了她。

校草：『@糯米小麻花，幫我開一下門。』

小麥：『？』

小麥：『你們是互刪了嗎不能私聊非要在群組裡秀？』

岳千靈：「……」

她盯著那個「秀」字看了半晌，才起身去開門。

顧尋換了一身衣服，此時抱臂斜靠著牆，燈光從頭頂打下來，映得他的眸子格外亮。

他眼尾上揚，嘴角噙著一抹蠱惑人的弧度，直勾勾地看著岳千靈。

「妳朋友為什麼說我是狐狸精？」

岳千靈一瞬間想到印雪說他勾魂的事情，整個人一愣。

而顧尋笑意更深。

「我勾引誰了？」

「妳嗎？」

——《別對我動心》未完待續——

高寶書版集團
gobooks.com.tw

YH 109
別對我動心（中）
作　　者　翹搖
責任編輯　吳培禎
封面設計　Ancy Pi
內頁排版　賴姵均
企　　劃　何嘉雯

發 行 人　朱凱蕾
出　　版　英屬維京群島商高寶國際有限公司台灣分公司
　　　　　Global Group Holdings, Ltd.
地　　址　台北市內湖區洲子街88號3樓
網　　址　gobooks.com.tw
電　　話　(02) 27992788
電　　郵　readers@gobooks.com.tw（讀者服務部）
傳　　真　出版部(02) 27990909　行銷部 (02) 27993088
郵政劃撥　19394552
戶　　名　英屬維京群島商高寶國際有限公司台灣分公司
發　　行　英屬維京群島商高寶國際有限公司台灣分公司
初　　版　2022年10月

本著作物《別對我動心》，作者：翹搖，由北京晉江原創網絡科技有限公司授權出版。

國家圖書館出版品預行編目(CIP)資料

別對我動心/翹搖著. -- 初版. -- 臺北市：英屬維京群島商高寶國際有限公司臺灣分公司, 2022.10
冊；　公分. --

ISBN 978-986-506-545-4(上冊：平裝). --
ISBN 978-986-506-546-1(中冊：平裝). --
ISBN 978-986-506-547-8(下冊：平裝). --
ISBN 978-986-506-548-5(全套：平裝)

857.7　　111015899